AF344846

Connecte-toi

ISBN : 9782959419805

@christelle_ibanez
christelle.ibanez84@gmail.com

CHRISTELLE IBANEZ

CONNECTE-TOI

Avant-Propos

Du plus loin que je me souvienne, j'ai toujours écrit. Des petites nouvelles lorsque j'étais enfant, puis des poèmes, lorsque j'étais adolescente. Et j'ai toujours eu envie d'écrire un roman.

Ce n'étaient pas les idées qui me manquaient. Non, ce qui me manquait, c'était la motivation d'aller jusqu'au bout.

J'écrivais deux, trois pages, puis je m'arrêtais. Je laissais mon écrit de côté, et je ne revenais plus jamais dessus. Je passais à autre chose.

Entre mon adolescence et maintenant, je n'ai plus écrit quoi que ce soit.

Il a fallu que je sois diagnostiquée d'un myélome multiple, il y a presque trois ans de cela, pour que l'envie d'écrire revienne. Mais entre le temps qui manque parfois, la motivation qui n'est pas toujours au rendez-vous, et surtout les idées qui viennent de manière désordonnée, je ne me suis pas lancée tout de suite.

Mais… j'ai appris que j'étais en rechute il y a tout juste trois mois, au moment où j'écris cet avant-propos.

Trois mois que la vie me rappelle qu'elle est fragile, et qu'elle peut s'arrêter à tout moment.

Je n'ai pas envie de terminer mon existence sans avoir réalisé certains objectifs, qu'ils soient professionnels ou personnels. Écrire un roman de science-fiction est l'un d'entre eux. C'est même, à l'heure d'aujourd'hui, le plus important.

Alors, cette fois-ci, je me suis lancée pour de vrai. Je me suis donnée des délais à respecter, et j'ai écrit. J'ai profité d'une hospitalisation d'une semaine pour écrire le squelette de cette fiction. Cela m'a grandement aidé à supporter ce que j'y ai vécu. Et d'ailleurs, les désagréments que j'ai éprouvés là-bas, lors de la mise en place de la chimiothérapie, se ressentent dans tout le roman.

Vous trouverez donc, notamment au début, des passages inspirés de ma propre vie, pour ne pas dire autobiographiques. Raconter ce que je traverse en tant que personne vivant avec un cancer, était quelque chose d'important pour moi. Mais je ne voulais pas écrire ma vie. Je voulais avant tout écrire sur les ressentis physiques et psychiques, les émotions, les difficultés auxquelles on fait face au quotidien lorsqu'on est atteint d'un cancer, que ce soit vis-à-vis de la maladie, mais également des traitements qu'on nous donne pour nous soigner.

Je voulais également apporter une "mise en garde" sur la partie science-fiction de cette nouvelle : pour l'écrire, je me suis inspirée de la physique quantique. C'est un sujet qui me passionne depuis des années. J'ai passé des heures à regarder des conférences, des vidéos de vulgarisation, à lire des livres qui traitent du sujet. Et j'ai voulu en parler à mon tour, ou du moins m'en inspirer pour créer ma fiction.

C'est donc bien cette information qu'il faut retenir : ce que vous allez lire, c'est de la science-fiction. Il y a, à certains endroits, des petits morceaux qui peuvent s'apparenter à de la vulgarisation scientifique, mais ce n'est pas le but de ce roman. Le but est de vous divertir, vous faire éprouver des émotions, et vous rendre curieux des phénomènes quantiques. Si vous voulez en apprendre plus sur le sujet, je vous laisserais vous documenter. Il existe des livres très bien vulgarisés, mais également de nombreuses vidéos sur internet, dont les sources sont vérifiées.

Il en est de même pour tout ce qui touche au domaine médical : je suis une patiente, mais je ne suis pas une professionnelle de santé. J'utilise un champ lexical que je ne maîtrise parfois pas toujours. Alors d'avance, je suis désolée pour tous les soignants qui pourraient lire cet ouvrage : il y aura sûrement des erreurs. Je vous demanderai juste de ne pas oublier que vous allez entrer dans un monde régi par mon imagination.

Je vous souhaite une excellente lecture.

Bienvenue dans mon monde.

Christelle

Destinataire : Docteur Dague

De : Docteur Martin

Objet : Patient 01 - Début de l'essai clinique

Cher confrère, navré de n'avoir pu vous tenir informé plus tôt du recrutement en cours. Les patients éligibles à l'étude sont rares, comme vous pouvez le savoir. Mon équipe et moi-même avons néanmoins trouvé une candidate, et je dirais même plus, une candidate idéale.

Il s'agit d'une jeune patiente de dix-huit ans, résidant en région parisienne. Elle en est actuellement au stade quatre d'un lymphome de Burkitt, troisième récidive. Elle semble être réfractaire au dernier protocole mis en place il y a huit semaines de cela. Il n'a pas été difficile de la convaincre de rejoindre notre essai clinique. Cela a été plus difficile à accepter pour sa grand-mère. Ne vous inquiétez pas, mis à part cette dernière, la candidate n'a plus de famille. J'ai évidemment déjà pris toutes les précautions nécessaires pour maintenir l'aspect discret de notre étude.

L'intérêt de cette patiente, au-delà de son jeune âge et de son état de santé, est la totale confiance qu'elle a en notre équipe. Elle est intelligente mais docile, une fois que sa méfiance est partie. Je vous suggère donc patience, diplomatie et pédagogie lors des interactions avec elle.
Sur l'aspect clinique, la patiente présente plusieurs tumeurs aux reins et intestins. Nous n'arrivons plus à contrôler la maladie. D'ici quelques jours, si rien n'est fait, elle atteindra son système nerveux central.
Elle sera transférée dès demain vers votre centre de recherche. Je tiens à ce qu'elle soit accueillie dans les meilleures conditions.

Tenez-moi informé dès lors de son arrivée et des
premières phases réalisées de l'essai clinique.

Bien à vous,

Dr Martin

Aurevoir

« Mesdames, messieurs, bonjour et bienvenue au journal de treize heures.

« Tout le monde ne parle plus que de ça, et ça y est, le grand jour est arrivé. Le vaisseau spatial construit par notre milliardaire préféré, avec à son bord l'équipe d'astronautes venus du monde entier, a enfin décollé en direction de Mars. Après un premier atterrissage dont les passagers n'étaient autres que des robots, accompagnés par le matériel nécessaire à la création d'une base martienne, il y a deux semaines de cela, c'est aux humains de s'envoler pour l'exploration de notre voisine rouge. Nous reviendrons dessus après la présentation des titres à la une.

« C'est une révolution dans le monde médical. Pour la première fois, une personne a été maintenue en vie dans un état cryogénique : un septuagénaire français, atteint de la maladie d'Alzheimer, a été placé dans une chambre extrêmement froide, sous coma artificiel, pour stopper la progression de sa maladie. L'équipe médicale en charge de ce projet pense pouvoir maintenir l'homme dans cet état de « dormance » durant plusieurs années. À la demande de sa famille, le patient restera donc cryogénisé jusqu'à ce qu'un traitement contre la maladie d'Alzheimer soit trouvé et puisse lui être administré.

« La Chine, toujours aussi menaçante, veut officiellement déclarer la guerre aux États-Unis. En effet, des drones américains ont été découverts... »

Élise éteint la télé avant que la présentatrice n'ait la chance de terminer sa phrase. Elle hausse les sourcils, puis retourne sur son téléphone.

- Mais qu'est-ce que tu fais, ils allaient parler du décollage des astronautes !

Elle se tourne vers Gabriel. Il la regarde, les yeux écarquillés, comme si elle venait de commettre l'irréparable. Elle avait oublié à quel point son meilleur ami était passionné d'astronomie. D'ailleurs, elle trouvait qu'il ressemblait actuellement à un astronaute : couvert de la tête aux pieds par un pantalon et une blouse d'hôpital, avec une charlotte camouflant ses épais cheveux blonds et bouclés. Il a des sur-chaussures, et porte même des gants. Elle esquisse un demi-sourire face à l'image qu'elle a de lui, puis retourne sur son téléphone.

- Ça va, tu pourras écouter toutes les infos que tu veux dès lors que tu seras parti d'ici. Tu sais très bien que les clowns qui partent explorer l'espace, ça ne m'intéresse pas. Je ne comprends pas pourquoi ils s'acharnent à explorer le ciel alors que sur terre, c'est le bazar.

- C'est toujours la même conversation, Élise. Tu sais très bien que c'est grâce à l'astronomie et aux progrès liés à la découverte de l'espace que notre monde est devenu ce qu'il est. Beaucoup d'avancées médicales sont issues des recherches pour, et dans l'espace. Tu devrais être reconnaissante que des gens aient envie d'aller sur Mars ! Indirectement, c'est peut-être ça qui va te soigner !

Il est avachi sur le seul fauteuil présent dans la chambre, les yeux rivés sur son téléphone, arborant un sourire perceptible à travers son masque. Elle a envie de lui dire ce qu'elle pense de tout cela, mais d'une part, elle sait que cela ne mènera à rien, et d'autre part, elle est trop fatiguée pour rentrer dans un débat avec Gabriel. Il a toujours réponse à tout, et plus énervant encore... Il ne s'énerve jamais. Il se contente juste d'exposer ses arguments dans le calme, parce qu'il sait qu'il a -presque- toujours raison.

Élise regarde autour d'elle, et continue, dans sa tête, de comparer la situation avec ce qu'il se passe dans le vaisseau spatial actuellement. En fait, elle est aussi comme une exploratrice de l'espace. Avec un ami habillé en astronaute, une chambre toute blanche, des machines partout, reliées par des fils à son bras gauche, une fenêtre qui ne peut pas s'ouvrir, un air légèrement pressurisé pour éviter la propagation des maladies dans la pièce. Elle n'a pas le droit de sortir de cet endroit, elle peut juste observer le monde à travers la vitre. Oui, elle est comme enfermée dans un vaisseau spatial.

- 	Élise... Tu vas bien ?

Gabriel a rapproché le fauteuil du lit de son amie. Il semble inquiet. Ces moments, où il semble perdre le contrôle de ses émotions, sont très rares, et gagnent de ce fait en valeur.

- 	Oui, je vais bien, répond-elle, arrête de t'inquiéter pour moi... Tu ne devais pas retrouver Chloé toi ?

- 	J'ai reporté mon rendez-vous avec elle. Ce n'est pas tous les jours que ma meilleure amie part dans un autre hôpital pour guérir de son cancer !

- 	Je te remercie pour ton optimisme, mais soyons pragmatiques, il y a quand même peu de chances que je guérisse de cette foutue maladie. Les essais cliniques portent bien leur nom. Ils essayent. C'est tout.

- 	Et toi, lâche ta morosité, un peu ! Rétorque Gabriel, avec un air blasé. Il faut que tu te battes, Élise ! Tu es jeune, tu as encore trop de choses à faire ! Et puis tu ne peux pas abandonner les gens qui t'aiment !

Élise regarde Gabriel comme si un extra-terrestre venait d'apparaître devant elle.

- Les gens qui m'aiment ? Je te rappelle que je n'ai presque plus de famille, Gab. Je suis presque aussi seule qu'un poisson rouge enfermé dans un tout petit bocal.

Il pose sa main sur la sienne, cachée par sa couverture, lui empoigne l'épaule de l'autre main, et secoue tendrement son amie.

- Et moi ! Tu m'as oublié, moi ? Tu sais que je tiens à toi. Tu dois te battre, promets-le moi. Je ne pourrais pas venir te voir là-bas, mais je te jure que je tu seras harcelée de messages. Quotidiennement. Alors si tu ne te bats pas pour toi, je t'en prie, fais-le pour nous, les gens qui t'aimons.

Elle lui sourit. Puis tourne le regard. Elle se rappelle soudainement à quoi elle ressemble, et se retrouve envahie de honte face à lui. Ses pommettes saillantes qui dévoilent sa maigreur à travers sa chemise de nuit. Ses grands yeux noirs entourés de cernes. Son turban, qui couvre son crâne nu, sans cheveux, sans sa longue chevelure brune d'autrefois. Elle a honte d'être dans cet état face à lui, lui qui est toujours impeccable. Elle devine ses vêtements et sa coiffure soignés derrière le déguisement censé la protéger des infections extérieures. Elle sent son parfum, d'une marque connue et onéreuse, qui est probablement bien plus agréable que l'odeur de désinfectant qui règne dans cette pièce sans chaleur. Dommage qu'elle ne puisse en profiter correctement, puisque les médicaments la rendent nauséeuse. La moindre odeur lui donne envie de renvoyer son maigre petit-déjeuner. Les yeux d'Élise s'humidifient, mais elle refuse de pleurer devant lui. Elle ne veut pas l'inquiéter davantage. Pas maintenant.

- Je vais faire ce que je peux, je te le promets, Gab.

Ses yeux commencent à se fermer tout seuls. Gabriel comprend que son amie est terriblement fatiguée et qu'elle lutte pour rester éveillée et discuter avec lui. Il lui serre fort la main, en guise de marque d'affection. Sûrement qu'il voudrait la prendre dans ses bras, mais cela est impossible en raison de la fragilité de son amie. Il prend donc son téléphone, et part à pas de loup, pour laisser Élise se reposer avant son grand départ.

Une fois la porte refermée, elle rouvre ses yeux, et laisse enfin ses larmes s'échapper. Elle sort sa main, celle que Gabriel touchait avec douceur quelques minutes avant. Elle l'observe, et celle-ci se met à trembler. Elle la rapproche de sa poitrine, et continue de pleurer jusqu'à ce que l'épuisement l'emporte vers un lourd sommeil.

Le départ

Cinq heures trente du matin. Les volets de l'immense fenêtre de la chambre d'Élise sont complètement ouverts. Le soleil a commencé à illuminer discrètement le ciel, mais elle ne peut encore l'admirer, sa chambre donnant sur l'Ouest. Elle aurait pu le voir se coucher, ce soir, comme tous les soirs depuis des semaines lorsqu'il n'y a pas de nuages, disparaissant doucement derrière les deux gros bâtiments gris et mornes qui lui font face. Il aurait inondé sa prison blanche d'une lumière à la fois douce et puissante, calme et rassurante. Elle aimait les couchers de soleil, c'était son spectacle favori depuis qu'elle était enfermée ici.

Elle se met à observer la vie qui commence à s'animer de l'autre côté de la vitre. Elle distingue sur certaines fenêtres quelques pigeons, semblant se réveiller tranquillement eux aussi, leur petit cou complètement enfoncé dans leur amas de plumes, les transformant littéralement en petites boules grises et noires. Certains se toilettent, mais la plupart restent encore figés. Il doit sûrement faire froid. Sur les dizaines de fenêtres qui font face à la jeune fille, déjà quelques-unes laissent apparaître de la lumière à travers les volets entrouverts. En face d'elle, sur une fenêtre sans volets, elle distingue cette soignante qui commence à s'affairer dans cette pièce. Est-elle déjà avec un patient ? Ou est-elle encore dans sa salle de repos à se faire couler un café ? La personne en blouse blanche disparaît soudainement, et quelqu'un toque à la porte de la chambre de la jeune fille.

Elle tourne la tête et voit entrer Maryse, l'infirmière de nuit. Élise s'est prise d'affection pour cette petite dame d'une cinquantaine d'années à la douceur exceptionnelle. Ses rondeurs et sa petite taille lui donnent un air rassurant. Elle respire toujours bruyamment, comme si elle était essoufflée en permanence.

- Bonjour Élise ! Vous êtes déjà réveillée, et bien ! Comment allez-vous ce matin ? Avez-vous bien dormi ?

- Bonjour Maryse ! Je vais bien. J'ai assez peu dormi. Je crois que j'ai hâte d'être ce midi.

- Oh, comme je vous comprends. Aujourd'hui est un grand jour. Vous n'êtes pas trop anxieuse ? La morphine vous a-t-elle soulagée cette nuit ?

- Oui, elle m'a permis de me reposer un peu. J'ai juste l'impression de perdre quelques neurones à chaque fois que vous m'en mettez dans la perfusion.

Les deux femmes se sourient. La jeune femme tente toujours un peu d'humour pour détendre l'atmosphère. Elle déteste être prise en pitié.

Son ventre commence soudainement à se serrer. Son cancer la tue progressivement, mais les médicaments censés la guérir et la soulager lui donnent tellement d'effets secondaires que souvent, elle aimerait mourir un peu plus vite pour ne plus avoir à les subir. Les douleurs qu'elle éprouve, qu'elles viennent de la maladie en elle-même ou de la médication, sont insupportables. Son sourire se transforme alors en une fraction de seconde en crispation, elle ferme les yeux et tente de laisser passer la vague douloureuse qui traverse ses viscères. Maryse comprend alors que sa petite patiente souffre, et s'active pour la soulager.

- Essayez de ne pas trop bouger. Je vais vous remettre un peu de morphine, tant pis pour vos neurones. Ensuite, je changerai le pansement de votre *piccline*, et l'aide soignante vous amènera votre petit-déjeuner dès que vous le souhaiterez.

Élise est tellement concentrée sur sa douleur qu'elle se contente de hocher la tête, les yeux fermés. Le reste de l'échange est silencieux, Maryse lui change ses perfusions d'hydratation, de morphine, d'antibiotiques et autres médicaments. Ensuite, elle prend son bras infiltré par ce fil relié jusqu'à son cœur, et enlève le pansement qui le protège. De manière rituelle, elle nettoie le sang séché, désinfecte la zone, remet un nouveau pansement, et lui pose délicatement le bras dans son lit.

- Voilà, ma douce. Vous êtes presque prête à partir. La morphine ne devrait pas tarder à faire effet. Reposez-vous, et pensez à ce qui vous attend. J'ai entendu dire que ce protocole expérimental était révolutionnaire. Concentrez-vous là-dessus. Moi, j'ai fini ma garde, je ne suis pas censée vous revoir. Je vous souhaite donc bonne continuation, et j'espère que tout va bien aller pour vous.

Élise ouvre ses yeux et se tourne vers l'infirmière. Dans un souffle de douleur, elle lui répond :

- Je vous apprécie, Maryse, mais j'espère bien que je ne vous reverrai pas... Du moins, pas dans un hôpital.

Les deux femmes sourient.

- Prenez soin de vous, Élise.

- Vous aussi. Merci pour tout.

Maryse reprend son chariot et repart, légèrement haletante, comme à son habitude. Mais juste avant de fermer la porte, l'infirmière se tourne vers la patiente, et lui dit :

- Ah, et au fait. Restez connectée.

Elle ferme la porte et laisse la jeune fille. « Restez connectée ? » À son téléphone ? À la télévision ? À ses perfusions ? Élise ne comprend pas bien cette dernière intervention, mais la morphine commence déjà à s'emparer d'elle, autorisant son corps et son cerveau à se relâcher, et à profiter d'un instant presque sans douleurs. Elle referme ses yeux et se rendort en quelques minutes.

*

- Bonjour Élise !

La jeune fille sursaute. Elle ouvre ses yeux et face à elle, le docteur Martin. Elle dormait encore depuis le départ de Maryse.

- Bonjour docteur. Il... Il est déjà midi ?

- Oui, presque ! Tous les préparatifs sont terminés, vos prises de sang sont bonnes, vous avez récupéré suffisamment de globules blancs pour pouvoir sortir du secteur protégé en toute sécurité. Vous n'avez plus de fièvre. Autrement dit, vous êtes prête pour votre transfert vers les locaux de Hammond Laboratoires ! Avez-vous quelque chose à nous signaler ? De nouvelles douleurs ?

- Euh, non, non, je ne crois pas.

Élise apprécie ce médecin. Toujours de bonne humeur, cet homme qui doit avoir approximativement quarante ans inspire l'optimisme. Il est grand, son visage harmonieux et souriant est surmonté d'une masse de cheveux brune toujours un peu décoiffée, lui donnant un air plus humain que la plupart des médecins qu'elle a croisés jusqu'à présent. Elle est tombée d'admiration pour lui dès lors qu'il a commencé à s'occuper d'elle, trois ans auparavant, lorsqu'elle fut diagnostiquée.

À ce moment précis, elle a tout de même un peu du mal à dialoguer avec lui, son cerveau semblant peser actuellement une tonne à cause de la terrible morphine. Elle aurait aimé dormir quelques heures de plus... Mais elle va sortir ! Et ça, ça vaut tous les réveils en sursaut du monde.

- Bon, très bien, lui répond-il. Votre ambulance sera là d'ici une bonne demi-heure, le temps que vous soyez préparée pour la sortie. Vous resterez en fauteuil roulant jusqu'à votre prochaine chambre. Le trajet ne durera qu'une petite heure. Vous serez accueillie par mon confrère le docteur Dague en personne, ainsi que par son armée de médecins, chercheurs et infirmiers. Vous êtes une vraie star, Élise ! C'est grâce à vous qu'une nouvelle porte s'ouvre pour la guérison du cancer.

- Vous m'en voyez honorée, docteur. J'espère seulement que les effets secondaires ne seront pas trop difficiles à supporter. Je suis un peu fatiguée de tout ça.

Le docteur, qui malgré son air familier reste un médecin avec les distances qui s'imposent presque naturellement envers les patients, pose ses feuilles sur la table face au lit d'Élise et se rapproche d'elle. Il lui prend la main.

- Vous êtes courageuse. Je sais que rien n'est facile depuis le début, mais vous nous avez prouvé que vous êtes une battante et que vous savez surmonter l'insurmontable. Je vous promets qu'à la clinique, ils prendront tout aussi soin de vous que nous ici, voire mieux. Comme je vous ai dit, vous aurez une armée de soignants qui vous surveillera vingt-quatre heures sur vingt-quatre et qui seront aux petits soins pour vous. Pensez à votre grand-mère et à la joie qu'elle éprouvera lorsque vous l'appellerez d'ici quelques semaines en lui annonçant votre rémission.

Élise lui sourit. Elle ne saurait expliquer pourquoi elle a tant confiance en cet homme, avec qui elle n'aura eu au final que des échanges purement médicaux. Peut-être sa manière d'écouter, de regarder, de rassurer. Oui, elle lui fait confiance. Elle est fatiguée, mais une faible étincelle d'espoir brille encore dans ses tripes, et ce médecin a le don de la raviver et de l'entretenir lorsque celle-ci s'essouffle.

- Merci pour vos mots, docteur. J'ai hâte de retrouver ma grand-mère.

- Alors accrochez-vous ! Bon, je vais continuer mes visites, mais je vous laisse entre de bonnes mains. Si vous avez quoi que ce soit comme question durant votre hospitalisation là-bas, vous avez mon adresse mail, n'hésitez pas à me contacter. Bonne journée, Élise.

- Bonne journée, doc.

Le médecin s'en va à son tour, et se fait relayer par une infirmière que la jeune fille n'avait jamais rencontrée jusqu'à présent, qui l'aide à se relever et l'accompagne jusqu'à l'entrée de la salle de bains. Elle lui ramène un pantalon de sport confortable, un pull léger, et l'aide à troquer sa blouse contre les vêtements, en prenant soin de ne pas débrancher les fils reliés à la jeune fille. Une fois changée, Élise plonge ses mains sous le robinet pour asperger son visage d'eau fraîche. Elle finit donc de se toiletter, et se fait aider pour se remettre au lit afin de manger ce que son ventre lui permet d'avaler.

Elle prend alors son téléphone. Deux messages reçus dans la matinée.

« Je pense bien fort à toi ma chérie. Appelle-moi dès que tu arrives à la clinique. Je t'aime. Mamie. »

« C'est le grand jour ! Je pense à toi. Force à toi la guerrière ! Tiens moi au courant. Bisous. Gab ».

Elle leur répond, puis ramène son téléphone contre sa poitrine et ferme les yeux. Elle se sent à la fois faible et forte. Mais elle y croit. Elle y croit encore suffisamment pour eux, les deux personnes les plus chères à son cœur. Elle va guérir.

Quelques minutes plus tard, un brancardier et l'infirmière ramènent un fauteuil et l'installent dessus, ainsi que toutes ses perfusions. Ça y est, c'est le moment où elle va pouvoir sortir de cette chambre qui l'accueille depuis huit semaines maintenant, sans sortie possible.

Elle sort. Et commence à regarder partout autour d'elle. Elle a l'impression de rentrer dans une nouvelle dimension. Les lumières au plafond sont plus fortes et l'agressent un peu les premières secondes. Les murs sont traversés par une ligne verte. Elle passe le couloir et le sas qui sépare le secteur protégé, où aucun microbe n'a le droit de pénétrer, du monde extérieur. Elle sort du sas, et de nouveau des grands couloirs blancs, avec des personnes, beaucoup de personnes. Des patients, des blouses blanches, des familles, qui attendent sur des chaises, d'autres aux abords des ascenseurs. Cette effervescence lui avait manqué. Tout lui avait manqué. Elle porte encore un masque car malgré son état stable, son système immunitaire reste très fragile.

Élise, le brancardier et l'infirmière qui tient ses maigres bagages prennent l'ascenseur, puis passent la grande porte d'entrée de l'hôpital. La jeune fille se retrouve submergée alors d'une dizaine de sensations qu'elle avait presque oubliées : les rayons du soleil qui percutent directement son visage, le léger vent qui l'effleure, les bruits des voitures, des passants, des oiseaux. L'odeur du monde. Une odeur à priori pas très agréable : c'est un mélange de fumée de cigarette et de bitume, mais de fleurs aussi, celles plantées aux abords de l'entrée de l'hôpital. Élise apprécie tout de même car c'est l'odeur de la vie, du mouvement. Celle du monde dans lequel elle compte continuer de vivre. Elle ôte son masque pour profiter pleinement de sa libération. Elle ne s'était jamais vraiment rendue compte de la signification des « petits plaisirs de la vie ». Là, tout prenait sens : son corps défaillant était encore capable de ressentir ce que sa vue, son ouïe, sa peau, son odorat pouvaient lui offrir en étant vivante. L'étincelle en elle se ralluma d'autant plus.

Ils la placent dans l'ambulance. Élise remercie les deux personnes qui l'avaient aidée à sortir du secteur protégé. L'ambulancier vérifie que tout est en ordre avec ces dernières au niveau des papiers, des bagages. Il s'assure que la jeune patiente est confortablement installée, puis ils prennent la route.

Ils quittent progressivement la région parisienne. Les paysages défilent sous l'œil attentif d'Élise qui ne souhaite pas en perdre une miette. Le périphérique, les champs qui commencent à apparaître aux pourtours de l'autoroute.

Une demi-heure passe, puis ils sortent de cette dernière. De là commence la partie du périple où Élise commence à ne plus reconnaître l'endroit où ils sont. Elle ne se souvient même plus du nom de la ville où siège le laboratoire de recherche. Elle devait sûrement être défoncée à la morphine, lorsqu'ils lui ont dit.

Ils s'enfoncent dans cette campagne provinciale. Les chemins deviennent de plus en plus étroits mais parfaitement entretenus. Puis, ils pénètrent dans un chemin graveleux, toujours impeccable malgré le bitume manquant. Aux abords de la route, des lignes de platanes qui accueillent le carrosse de la jeune fille. Il fait beau, les couleurs du printemps sont bien installées, la chaleur aussi.

Au bout, elle commence à distinguer un immense portail gris foncé, accroché de part et d'autre à un mur d'environ quatre mètres de haut, de couleur orangée. Au-dessus, des flèches noires d'une dizaine de centimètres les percent, espacées également d'une dizaine de centimètres. *Tiens, comme les murs d'une prison, mais en plus classe,* se dit-elle. Autre chose qui l'intrigue, c'est le manque de panneaux. Rien n'indique où ils sont, pas de nom du laboratoire. Juste ce portail et ce mur.

Le portail est assez simple bien qu'impressionnant, de style contemporain. Il possède également les mêmes flèches posées sur le mur. Ils s'approchent de l'entrée, et l'ambulancier indique leur arrivée à l'interphone. Le portail s'ouvre.

Élise découvre alors l'endroit où elle va vivre durant les prochaines semaines.

Face à eux, un immense parc arboré, probablement de plusieurs hectares. Tout de suite à l'entrée, il y a un poste de vigiles. Un agent de sécurité prend les papiers d'identité de la jeune patiente donnés par l'ambulancier, tandis qu'un autre ouvre la porte de l'ambulance pour lui mettre tout de suite son bracelet d'identification, avant de procéder à une courte fouille du véhicule. Puis, le premier vigile indique aux hôtes où aller, et les laissent repartir.

Ça fait quand même beaucoup de sécurité pour un laboratoire pharmaceutique, pense-t-elle.

Le parc semble magnifique. Ce sont d'immenses îlots de verdure où trônent des arbres parfaitement alignés. La pelouse est vert émeraude, elle distingue rapidement des bosquets de fleurs aux couleurs chatoyantes. Sur l'un des îlots trône au milieu une immense fontaine romaine. Élise n'a pas le temps de tout regarder qu'en face d'eux, à peu près à 300 mètres, se trouvent les trois bâtiments qui composent certainement le fameux laboratoire de recherche. Deux de plain pied, de la taille d'une petite maison, et un autre au milieu, beaucoup plus imposant, sur trois étages. Les couleurs murales sont à l'image de celles des murs entourant la propriété : orange, faisant penser à de l'ocre. Les bâtiments sont très modernes, assez sobres mais respirent tout de même ... L'argent. Élise repensa aussitôt à cette conversation qu'elle avait eu avec Gabriel au début de ses traitements, où celui-ci vantait les progrès médicaux qui ont explosé ces dernières années grâce aux moyens financiers colossaux des laboratoires pharmaceutiques. Elle n'oublia pas de lui rappeler que ces mêmes laboratoires investissent beaucoup d'argent pour justement faire encore plus d'argent, et en l'occurrence sur le dos des malades. Cette pensée, alors qu'elle était en plein premier cycle de chimiothérapie à l'époque, l'avait beaucoup perturbée. Jamais elle n'aurait pensé à ce moment-là qu'elle accepterait ce qu'elle s'apprête à faire aujourd'hui : devenir littéralement un cobaye, pour un laboratoire pharmaceutique privé. *En fait, t'as vendu ton âme au diable*, lui aurait dit avec humour Gabriel s'il avait été là, à ce moment-là.

Ils se garent pile devant l'entrée du bâtiment principal. Celle-ci est légèrement rehaussée avec une terrasse menant aux escaliers et à la rampe en S dédiée aux fauteuils roulants.

Quatre personnes sortent presque au même moment : un homme et trois femmes. L'homme doit être très certainement le docteur Dague, dont le docteur Martin lui avait déjà parlé auparavant. Il est exactement comme elle se l'était imaginé : une cinquantaine d'années, les cheveux grisonnants et longs de quelques centimètres, aussi mal coiffés que ceux du docteur Martin. Il a l'air d'être de taille moyenne, son corps est élancé. Il porte une chemise bleu ciel à carreaux, un pantalon sombre délavé, et évidemment une blouse blanche. Son visage semble assez fermé. Lorsqu'il se rapproche du véhicule arrêté, Élise est frappée par ses yeux, aussi gris que ses cheveux. *Lui, on dirait un docteur fou, mais pas très fun*, pense-t-elle. À ses côtés, une première femme très jolie, blonde, au chignon impeccable, aussi impeccable que son maquillage et le tailleur qu'on devine sous sa blouse fermée. Elle tient des documents. L'autre femme, à sa gauche, est plus petite, brune et tout aussi bien coiffée avec sa queue de cheval, mais ne porte pas de maquillage. Elle est habillée de blanc jusqu'à ses chaussures. *Ah, elle, elle doit être infirmière.* Puis, la dernière femme, légèrement en retrait, croise le regard d'Élise, qui éprouve instantanément un malaise dès lors que leurs pupilles entrent en contact. Elle tourne très rapidement sa tête, mais a le temps d'apercevoir une trentenaire, brune aux cheveux mi-longs et bouclés, quelques tâches de rousseur qui tapissent et adoucissent un visage sévère, dont on aurait l'impression qu'aucun sourire ne peut en sortir. Ses yeux lui ont paru clairs, peut-être étaient-ils bleus ou verts. Elle porte évidemment une blouse, comme les autres, mais n'a rien observé de plus la concernant. *Elle, elle est... Je ne sais pas. Une sorcière vaudou ?*

L'ambulancier ouvre enfin la porte arrière de l'ambulance. Il sort la jeune femme, qui se retrouve enfin dehors, face à ses hôtes médicaux. Le groupe s'approche et se met à la hauteur d'Élise. L'homme lance la conversation.

- Madame Élise Blanche, bienvenue chez Hammond Laboratoires, dans nos locaux de recherche. Je suis le docteur Dague et je suis honoré de vous accueillir ce jour. Comment s'est passé le trajet ?

Le visage du médecin paraît toujours très fermé, mais sa voix est curieusement très douce, à l'opposé de l'image qu'il renvoie. Son ton est calme, rassurant. C'est assez déstabilisant pour la jeune patiente qui, à ce moment-là, ne sait pas si cet homme est sincèrement calme et accueillant, ou s'il joue une certaine comédie.

- Très bien, merci. C'est très beau, ici.

- Vous m'en voyez ravi. Avant de vous installer dans votre chambre, si vous souhaitez, nous pouvons passer quelques instants dehors, afin de vous faire visiter le parc. Cela vous ressourcera, après toutes ces semaines passées enfermée en secteur protégé. Mais avant toute chose, je souhaiterais vous présenter l'équipe médicale qui est en charge de l'essai thérapeutique élaboré pour vous et votre pathologie. Voici d'abord le docteur Nathalie Brams, mon assistante. Spécialisée en hématologie, c'est elle qui s'occupera de la mise en place du traitement et des soins de support, en alternance avec moi. Ensuite, voici Joséphine Duquet, qui sera votre infirmière principale. Vous aurez également un autre infirmier et deux aides soignants qui se relaieront pour s'occuper exclusivement de vous. Et enfin voici le docteur Aurore Perron, chercheuse en cancérologie, microbiologie, et qui possède depuis très récemment un doctorat en mécanique quantique. Vous ne la verrez que peu durant votre séjour, mais je tenais à vous la présenter, car c'est elle qui analysera tous vos résultats, et qui surveillera l'efficacité du traitement en temps réel. Elle ajustera, avec l'aide du docteur Brams et moi-même, les quantités de médicament qu'on vous injectera, ainsi que la fréquence d'administration, et cetera. Elle sera la garante de la réussite de cet essai clinique.

Le docteur Brams, Joséphine Duquet et le docteur Perron saluent à tour de rôle leur patiente, mais seules les deux premières femmes lui sourient. La dernière se contente de la fixer froidement.

-       Bien mesdames, si vous voulez bien, vous pouvez retourner à vos occupations, indique le docteur. Je vais promener quelques minutes notre invitée afin de la laisser profiter un peu de l'air frais et du paysage de notre domaine, avant de l'amener dans notre secteur protégé.

Les trois femmes s'éclipsent, laissant Élise avec son médecin référent. Ce dernier, dans un silence presque solennel, se place derrière elle et commence à pousser son fauteuil dans les allées du grand parc. Durant de longues minutes, il ne parle pas, elle ne parle pas non plus. Élise trouve l'instant à la fois pesant et apaisant. Il finit par s'arrêter de pousser au bout d'un moment, face à l'îlot accueillant la grande fontaine romaine.

- Je suis très heureux de vous accueillir parmi nous, ma chère Élise. Le docteur Martin n'a cessé de me vanter votre courage et votre détermination à vaincre cette maladie.

Oui, bon, la détermination, je n'en avais pas toujours. Il a exagéré, le doc Martin, se dit-elle.

- Je suis très contente aussi docteur. Pourrai-je sortir dans le parc durant mon séjour ici ?

- Alors... Oui, mais pas tout de suite. Les premiers jours risquent d'être éprouvants pour vous, je ne vais pas vous le cacher. Vous serez de nouveau en aplasie, et les médicaments que l'on va vous injecter sont radioactifs. Comme lorsque vous faites des TEP scanner. Vous allez être surveillée en permanence, on ne veut manquer aucun effet secondaire, aucune complication. J'espère que vous avez conscience du caractère novateur de ce traitement, Élise. Vous êtes la première patiente humaine à bénéficier de cette opportunité, et nous comptons bien faire de votre guérison, notre réussite.

- D'accord...

- Je sais que cela peut vous paraître effrayant. Mais vous devez avoir confiance en notre équipe. Tout le monde est parfaitement formé pour prendre soin de vous, ici. Vous êtes en sécurité.

- D'accord, répond-elle de nouveau. Et... Docteur, je ne sais pas vraiment ce qui va m'arriver, ni combien de temps ça va durer. Le docteur Martin n'a pas su vraiment m'expliquer ce qu'il allait en être, se contentant de me dire que c'était compliqué à comprendre pour moi. Pouvez-vous essayer de m'expliquer ce fameux protocole, s'il vous plaît ?

Le docteur, resté jusqu'à présent derrière la jeune fille, se place à côté de son fauteuil, face à la superbe fontaine blanche. Il y a plusieurs statues d'environ un mètre de haut représentant des femmes, des hommes et des créatures mythiques. Élise tente d'observer discrètement le médecin. Son regard semble perdu au milieu de cette scène figée, et pourtant, sa présence, son aura restent palpables. Cet homme a du charisme. Il dégage quelque chose que la jeune femme n'arrive pas encore à décrire.

- J'ai toujours aimé l'art romain, commence-t-il. Si je n'avais pas été pris de passion à guérir les Hommes, je pense que j'aurais voulu faire artiste. Sculpteur, sûrement. Ou peintre. La qualité du temps passé à créer des œuvres est la même que celle utilisée à dépasser constamment les limites de la médecine. Il faut énormément de travail, de minutie, de recherches, de remises en question aussi. Mais il faut aussi savoir sortir de sa propre zone de confort, essayer de voir plus grand, plus loin à chaque fois. Oui, peut-être que j'aurais fait sculpteur...

Il se tourne vers sa petite patiente, qui le regarde cette fois-ci attentivement. Son visage est toujours fermé, mais à l'instant où il croise son regard, il esquisse un léger sourire. Elise souffla intérieurement. *Ok, il n'est pas QUE bizarre et coincé, le docteur Philo.*

- Concernant votre protocole, c'est effectivement assez compliqué à expliquer, ma chère Élise. Mais vous m'avez l'air intelligente et vive d'esprit. Je vais essayer de vous expliquer. Votre corps est composé, comme vous devez le savoir, de cellules, elles-mêmes composées d'organites, eux-mêmes composés de molécules, eux-mêmes composés d'atomes, eux-mêmes composés de particules. La science qui étudie ce monde minuscule et fascinant s'appelle la mécanique quantique, ou physique quantique. Tout ce qui nous constitue et qui constitue notre univers est régi, entre autres, par les lois de la mécanique quantique, du moins à l'échelle de l'infiniment petit. C'est cette science qui a permis de découvrir et utiliser l'énergie nucléaire, qui permet également de créer des ordinateurs de plus en plus puissants, et la médecine n'a pas échappé à cette révolution de la compréhension du monde quantique. Avez-vous déjà entendu parler de cela auparavant?

-   Oui, vaguement, répond-elle.

À ce moment précis, Élise regrette intérieurement de ne pas avoir écouté davantage son meilleur ami passionné par toutes les sciences. Il avait essayé à plusieurs reprises de lui parler de la mécanique quantique, mais la jeune femme n'avait pas été très réceptive. Elle se souvient tout de même qu'il lui avait expliqué que les particules à l'échelle quantique étaient capables d'interagir entre elles à distance, qu'elles étaient à la fois des ondes et des particules, lui semble-t-il. Le mot « intrication » lui revient, mais elle ne sait pas à quoi cela correspond exactement. Tout est très vague dans sa mémoire. Mais elle se souvient que cette science lui avait paru irréelle, voire magique. Dommage qu'elle ne s'y soit pas intéressée davantage.

-   L'usage de la physique quantique dans le monde médical est largement répandu et même indispensable à l'heure d'aujourd'hui. Toutes les techniques d'imagerie du corps humain ont été créées à partir de cette science. D'ailleurs, dans votre parcours de soin, on a utilisé ces phénomènes pour vous traiter : le TEP Scanner que vous passez régulièrement se sert de la mécanique quantique pour localiser les cellules cancéreuses. La radiothérapie visant à détruire les cellules malignes de manière localisée utilise également les phénomènes quantiques en envoyant des rayons sur les zones à traiter afin de détruire les cellules cancéreuses et éviter leur propagation. Nous n'avons donc rien inventé en voulant nous baser sur cette science pour traiter les cancers. Mais nous sommes aux abords d'une révolution grâce à nos recherches. Nous avons découvert un nouvel élément, un nouvel atome plus précisément, qui est capable d'interagir avec les cellules cancéreuses d'une manière tout à fait surprenante : si on « active » cet élément radioactif à l'aide de rayons gamma, autrement dit des rayons de très haute intensité, son interaction avec les cellules cancéreuses transforme la structure même de cette dernière en une matière très exotique : de l'antimatière. Et c'est cette transformation qui, pour résumer, annihile les cellules malignes. Dans d'autres termes, elles disparaissent. Vous comprenez ?

- Je... Je crois.

Elle est à la fois perplexe et fascinée par ce que son médecin vient de lui expliquer. Elle pensait à une énième chimio, combinée à des tonnes de médicaments à prendre tout au long de la journée, comme les trois lignes de traitement qu'elle avait déjà reçues. Mais un médicament *quantique*... C'est stylé.

- Nous avons déjà eu de très bons résultats sur le dernier essai fait sur nos souris, atteintes comme vous de divers cancers du sang. Presque toutes ont été en rémission complète, sur un temps limité. Le traitement fonctionne bien, mais nous n'avons pas encore trouvé le dosage exact qui permet de maintenir une rémission de manière définitive. Pour une raison qui nous échappe encore, les cellules cancéreuses finissent toujours par revenir. À l'heure actuelle, nous espérons déjà sortir ce protocole en traitement de fond, pour éloigner les rechutes et permettre aux patients de vivre une vie presque normale. C'est l'objectif que nous souhaitons atteindre avec vous. Et puis, en finalité, le but ultime de ma carrière est de créer une version de ce traitement qui tue le cancer définitivement, à partir de ce même procédé. Nous nous en rapprochons jour après jour.

Élise ne répond pas. Elle se contente de remettre en ordre toutes les informations que le docteur Dague vient de lui donner, et tente surtout de les digérer. Le docteur Martin lui avait parlé du côté prometteur de ce traitement et elle avait tendance à lui faire profondément confiance. Mais là, elle était juste convaincue qu'elle avait fait le bon choix, après ces explications. Elle n'y comprenait pas grand chose, si ce n'est que ce traitement était effectivement révolutionnaire. Et elle allait contribuer directement à cette avancée. Elle fut prise soudainement d'une immense fierté. Et sa tête se mit à tourner, lui donnant l'impression qu'elle allait exploser. Foutues douleurs, foutu anti-douleur qui commence à disparaître de son corps. Elle ferme les yeux et se concentre pour essayer de ne montrer aucun signe de gêne, car elle veut encore profiter un peu du soleil de ce milieu d'après-midi, rayonnant à pleine puissance, qui vient se poser délicatement sur la peau de son visage pâle.

-    Je vais vous emmener dans votre chambre. Vous verrez, de là-haut, vous aurez un superbe panorama. Il faut que vous vous reposiez, maintenant. Demain, nous attaquerons votre cancer.

-    D'accord docteur. J'ai une dernière question. Y a-t-il des effets secondaires ?

Le docteur ne répond pas tout de suite.

-    Oui, il y en aura probablement, ma chère Élise, comme tout traitement. Mais nous ferons en sorte de vous les rendre supportables. N'oubliez pas la rémission à la fin de tout cela.

Élise reste un peu déçue face à cette réponse. Les effets secondaires de tous les traitements qu'elle a reçus ont parfois été pires que les symptômes de la maladie elle-même. Elle fait la moue. À quoi s'attendait-elle en participant à un essai clinique ? Qu'elle allait vivre dans un monde de douceur et de repos pendant des semaines ?

Le médecin la conduit alors jusqu'à l'entrée. La grande porte coulissante, ressemblant à n'importe quelle entrée d'un hôpital ou d'une clinique, est surmontée d'un panneau en pierre blanche qui prend toute sa longueur, entouré de liserés floraux sculptés dans celui-ci. Le contraste entre modernité et style romain intrigue la jeune fille. Mais ce qui l'intrigue le plus, c'est ce qu'il y a écrit sur ce panneau, écrit en lettres majuscules, voulant ressembler le plus possible aux lettres romaines :

« Science sans conscience n'est que ruine de l'âme »
Rabelais

Bienvenue chez Hammond Laboratoires

Ils passent la porte et font face à une entrée toujours impeccable, moderne et chaleureuse à la fois. Une secrétaire s'affaire à taper quelque chose sur son ordinateur. On la distingue à peine derrière son immense bureau. Elle les salue lorsqu'ils passent devant elle. Ils prennent l'ascenseur et il la conduit au deuxième étage. Les couloirs, simples, sont également oranges, bien que beaucoup plus clairs que les murs de l'établissement. Ils ne dégagent pas la même froideur que dans les hôpitaux qu'elle a côtoyés ces dernières années. Il y a des plantes, des objets de décoration tantôt modernes tantôt plus classiques, mais toujours disposés harmonieusement, sans étouffer l'espace. Puis, face à eux, se trouve le sas d'entrée du secteur protégé. Cela se passe exactement comme à son ancien hôpital : le docteur la met dans le sas, une aide soignante arrive par l'autre porte, habillée en tenue stérile de la tête aux pieds. Elle l'aide à se déshabiller complètement, puis lui donne une chemise de nuit propre, une charlotte, un nouveau masque. La soignante met toutes les affaires de la jeune fille de côté afin qu'elles soient entièrement nettoyées et désinfectées, avant d'être ramenées dans la chambre d'Élise.

Puis, elle sort du sas et retrouve le docteur Dague, également déguisé en « cosmonaute ». Il l'emmène donc dans sa chambre : spacieuse, avec une fenêtre presque aussi grande que le mur, donnant sur le vaste parc. Elle aura une vue directe sur la grande fontaine romaine. Au loin, elle peut enfin distinguer les limites de la propriété, à plusieurs centaines de mètres, avec son immense barricade orange. Cet endroit est vraiment dantesque.

Le médecin aide Élise à s'installer dans son lit.

-       Voilà. Pour cette fin de journée, nous allons vous laisser tranquille. Vous avez la télévision, quelques livres désinfectés dans ce tiroir. Dès demain à 8 heures, nous attaquerons le début de l'essai clinique. On vous expliquera au fur et à mesure ce qu'il se passera pour vous. En attendant, détendez-vous et prenez vos marques dans votre nouveau chez vous. Moi, je ne vous verrai pas avant quelques jours. C'est le docteur Brams qui viendra s'occuper de vous demain.

-       D'accord, merci docteur.

Le médecin se place face à elle et, soudainement, reprend un air très sérieux. Le même que lors de sa rencontre peu de temps auparavant.

-       Je tenais avant de partir, à vous rappeler le caractère confidentiel de cet essai clinique, ma chère Elise. Vous avez signé un contrat de confidentialité lorsque vous avez accepté celui-ci il y a quelques semaines. Tout ce que je vous ai dit aujourd'hui ne doit absolument pas sortir d'Hammond Laboratoires. Sommes-nous bien d'accord ?

-    Oui, bien sûr docteur. Je ne vais pas vous mentir, même si je voulais en parler à quelqu'un, je n'ai pas compris grand chose. Vous pouvez compter sur moi.

Le visage du médecin se rouvre. Il esquisse un petit sourire.

-    Très bien. Reposez-vous bien, mademoiselle. Je vous retrouverai dans quelques jours.

Il ferme la porte derrière lui. Quelques secondes après, Joséphine, l'infirmière rencontrée précédemment, entre à son tour, afin de vérifier ses constantes. Elle lui réinjecte également, au grand bonheur de la jeune femme, toute la palette de médicaments qu'elle reçoit quotidiennement via son *piccline*. Elle va enfin pouvoir se relaxer avec la morphine.

L'infirmière part, la jeune fille prend son téléphone et envoie un message aux deux piliers de sa vie.

« Je suis bien arrivée. Tout le monde est aux petits soins avec moi. Je commence demain. Je t'aime. Elise »

« Salut Gab ! Je t'appelle dès que j'ai un peu d'énergie. Cet endroit est juste dingue. Je commence le traitement demain. Passe le bonjour à tes parents et à ta copine. Bisous. »

Elle est exténuée, mais heureuse. Heureuse de savoir qu'elle a de grandes chances de sortir de cette maladie qui lui vole sa jeunesse depuis qu'elle a quinze ans. Grâce à ce qu'elle va vivre les prochaines semaines, elle va enfin pouvoir prétendre à une existence normale. Elle n'a qu'une hâte, c'est de pouvoir serrer sa grand-mère et son meilleur ami dans ses bras.

Elle passe le reste de son après-midi à regarder la télévision, sans vraiment se concentrer dessus. Les images défilent sous ses yeux tandis que son esprit est ailleurs. Elle finit par s'endormir, aidée par sa médication.

Destinataire : Docteur Martin

De : Docteur Dague

Objet : Modification du protocole pour la patiente 01

Cher confrère, voici les modifications apportées au protocole mis en place pour la patiente 1.

Nous allons partir dans un premier temps sur des injections d'Atrium toutes les 36 heures durant ce premier cycle afin de vérifier l'état de la patiente. Celle-ci semble tout de même assez affaiblie. Le dernier ECG montrait quelques arythmies que nous surveillons de près, une tension plutôt basse. Nous préférons rester précautionneux pour l'instant. Nous allons néanmoins garder le même dosage.

Voici donc la modification :

	J1	J4	J7
Atrium (ng)	0.3	0.6	0.9
Rayon gamma (mSv)	0.6	0.9	1.2
Temps d'exposition (sec)	2	4	6

Au lieu de J1/J3/J5.

La première séance se déroule ce matin, sous anesthésie générale. Je vous tiendrai informé au fur et à mesure de l'état de la patiente.

BAV,

Dr Dague

Jour 1

Huit heures. Élise a reçu sa prémédication. Elle ne sait pas ce qu'il y a dans les perfusions, et actuellement, elle s'en fiche complètement. Elle s'est réveillée particulièrement fatiguée, ce matin. Elle a vraiment hâte de commencer, de s'abandonner à ce traitement. Sa propre force diminue progressivement depuis quelques semaines maintenant. Elle lâche prise sur le fait qu'elle ne peut vaincre cette maladie seule. Alors, elle se laisse porter autant qu'elle le peut.

L'infirmière lui fait une prise de sang. Cette petite dame pleine d'énergie semble être très méthodique et assez peu portée sur les émotions, un peu comme toutes les personnes travaillant ici. Elle sourit peu, parle peu, sauf pour expliquer en temps réel ce qu'elle fait à sa patiente. L'opposé de Maryse.

- Votre sang sera analysé deux fois par jour durant toute la phase d'attaque du premier cycle. Il sera envoyé au laboratoire au bâtiment ouest et analysé par le docteur Perron.

Ah, la chercheuse qui ressemble un peu à une sorcière...

- Et si ça ne se passe pas comme prévu... ? Demande timidement la jeune patiente. Je veux dire, mon traitement.

- S'il y a la moindre anomalie, le protocole est stoppé, puis réajusté, et repris le plus rapidement possible.

-      D'accord, répond Élise, un peu difficilement. J'ai... j'ai une autre question... Une dernière.

-      Oui ?

-      Et si le protocole ne fonctionne pas... Alors ce sera la fin pour moi ?

L'infirmière arrête ce qu'elle est en train de faire. Elle souffle légèrement, semblant tiraillée entre l'agacement et l'envie de rassurer sa patiente.

-      Je ne suis pas médecin, madame Blanche, je ne peux pas vous dire. Ce que je sais par contre, c'est que tout ce qui se passe aujourd'hui va révolutionner la manière de traiter les cancers.

Les paroles de cette dame en blouse blanche rassurent très légèrement la jeune fille.

-      Là, nous allons aller dans un bloc opératoire spécialement conçu pour le traitement. C'est une pièce renforcée, qui permet de contenir un maximum la radioactivité du médicament que vous allez recevoir, ainsi que des rayons dans lesquels vous allez être plongée quelques secondes. Un peu comme les locaux de médecine nucléaire que vous devez bien connaître, à l'hôpital. Une fois là-bas, on vous endormira. Puis, on vous placera dans une machine. Et enfin, on vous injectera le produit directement via votre *piccline* avant de lancer les rayons. Tout cela durera seulement quelques minutes, mais vous serez endormie. Vous ne sentirez rien.

Élise ne savait pas qu'elle allait subir une anesthésie générale. Un peu surprise, elle trouve finalement l'idée assez intéressante. Elle a envie de dormir.

L'infirmière place la jeune fille dans son fauteuil roulant, puis l'emmène aux ascenseurs. Joséphine appuie au moins deux. Sans surprise, le bloc est au sous-sol.

Elles sortent puis empruntent des couloirs beaucoup moins chaleureux que ceux du reste du bâtiment.

Élise est couverte de la tête au pied par une blouse, une charlotte et d'autres accessoires stériles. On ne distingue que ses yeux fatigués.

Elles arrivent dans un couloir fermé par deux portes battantes. Sur les deux, sont apposés des sigles indiquant un danger radioactif. Joséphine passe son badge et les portes s'ouvrent.

Elles avancent quelques mètres avant d'arriver devant ce qui semble être la porte du bloc : de nouveau un sigle. Elle semble être faite de métal. L'infirmière repasse son badge et la porte s'ouvre : elle est épaisse d'environ cinquante centimètres. Joséphine pousse sa patiente à l'intérieur, puis une personne vient la récupérer. L'infirmière ne rentre pas.

Dans le bloc, quatre personnes. Ils portent des combinaisons blanches qui paraissent très épaisses, et des énormes gants jaune fluo. Leur visage est caché par des sortes de masques à gaz semblant tout droit sortir d'une zone de guerre. Elle arrive néanmoins à reconnaître le docteur Brams, qui lui lance un bonjour discret et évasif. Les trois autres personnes ne prennent pas le temps de la saluer, tandis qu'elles s'affairent à préparer la jeune fille pour l'anesthésie. *Un peu froid et flippant, comme ambiance*, se dit-elle. Aucune peau humaine n'est à découvert, à l'exception du visage de la jeune fille.

Face à elle, une énorme machine lui faisant penser à celles utilisées pour ses séances de radiothérapie. Un lit éclairé, entouré de blocs blancs qui semblent pouvoir tourner tout autour de ce dernier. Sur les côtés et au-dessus, des vitres à l'épaisseur impressionnante. Des boutons partout, des écrans. Quelqu'un appuie sur une sorte de télécommande, et les vitres s'ouvrent. Ils placent la jeune fille dans la machine.

À ce moment-là, Élise a l'impression de recevoir un shot d'adrénaline. Ça y est, elle y est, elle ne peut plus repartir en arrière. Elle aurait aimé un peu plus de chaleur humaine à cet instant précis, cet instant si important pour elle. Elle aurait voulu qu'on lui tienne la main, mais elle sera son seul réconfort aujourd'hui. Elle ferme les yeux, et pense à sa grand-mère le matin, lui préparant son petit-déjeuner. Elle pense à Gabriel et à la fois où il avait réussi à voler un cigare à son grand-père, qu'ils avaient tenté de crapoter en cachette. Ils avaient bien failli s'étouffer, mais avaient bien ri. C'était juste avant son diagnostic.

Le docteur Brams prend ce qui semble être un tout petit magnétophone, et commence à parler.

-    Début du protocole Atrium/Rayon Gamma. Première injection d'Atrium à 0.3 ng. Puis exposition aux rayons gamma durant 2 secondes à une puissance de 0.6 mSv. Nous allons commencer par l'anesthésie générale. Champ magnétique activé.

L'une des personnes en tenue de cosmonaute s'approche de la jeune fille et lui place un cathéter sur le bras. Puis, elle y fait couler l'élixir qui fera dormir la jeune fille. Ils lui placent alors le masque à inhaler et... Plus rien.

*

Vide. On dirait du vide. Et pourtant, je me sens remplie... d'informations.

Mais où suis-je ?

Il n'y a rien. Attends, qui suis-je déjà ? Élise. OK. Que m'arrive-t-il ?

Tout autour de moi, c'est le néant, et pourtant, je ressens l'information.

Je ne vois rien, je n'entends rien, mais je suis connectée à elle. Je ressens autrement. Je ressens tout ce qui me compose.

Mes neurones distinguent des cubes lumineux. Ça tournoie autour de moi. Ça vient percuter mes atomes, les remuer, les remettre dans le bon ordre. Je crois. Je le sens.

Que se passe-t-il ? Suis-je en train de rêver ? Suis-je au bloc ? J'ai l'impression d'y être. J'ai l'impression d'être aussi ailleurs. Je ressens une autre énergie, elle n'est pas mienne.

« Connecte-toi ».

Je n'entends pas et pourtant j'entends. Qui est-ce ? Vous m'entendez, vous ?

J'agite cette partie de moi qui n'est pas rattachée à moi. Les cubes tournent aussi autour de ce morceau de mon corps. Quelle partie ?

« J'espère que tout se passe bien pour elle ».

Mamie ?

« Je suis sûr que tout va bien se passer ».

Gabriel ?

Mais que se passe-t-il donc ?

Et ça continue de tournoyer autour de moi. C'est étrange. Est-ce un rêve ?

Vide

Destinataire: Docteur Martin

De : Docteur Dague

Objet : Compte-rendu J1 première injection

Cher confrère,

La première séance s'est superbement déroulée. Les constantes de la patiente sont stables. Elle ne s'est néanmoins toujours pas réveillée.

D'après les résultats du scanner, ses tumeurs ont déjà presque totalement disparu.

Comme attendu, des résidus d'Atrium sont encore détectables dans son sang. Le dernier examen sanguin, réalisé huit heures après l'injection, mesurait une quantité de 0.002 g/L. Nous allons surveiller cela de près.

Voici donc le récapitulatif des résultats obtenus :

Antimatière récupérée	0.15 ng
Potentiel énergétique	50 000 MW

L'intrication a également bien été confirmée. Réduction à 90 % des cellules tumorales dans le prélèvement conservé au laboratoire d'analyses. C'est juste exceptionnel.

Son ECG est normal.

Nous avons été cependant très intrigués par son activité cérébrale, très intense, du début du traitement à maintenant. Elle diminue progressivement. Nous ne saurions dire à l'heure

actuelle s'il s'agit d'une réaction purement physique et inflammatoire ou s'il se passe quelque chose d'autre que nous n'avons pas anticipé.
Les activités cérébrales mesurées semblent corrélées à la quantité d'Atrium encore présente dans le corps de la patiente. À noter cependant que cette activité est désordonnée, apparaissant à plusieurs endroits en même temps, sans aucune logique apparente, malgré les fines analyses de l'IA mise au point par le Dr Perron. Comme si l'Atrium réagissait également avec les cellules neuronales, sans toutefois les annihiler. Nous surveillons ce phénomène de près. Nathalie va poser quelques questions à la patiente.

Nous espérons maintenir son état jusqu'à la fin du cycle. La question est désormais de savoir en cas de réussite, que ferons-nous d'elle après cela ? Reste-t-on sur notre première idée ?

Je me tiens à votre disposition pour toute information complémentaire. Ci-joint le rapport détaillé de l'opération.

BAV,

Dr Dague

Jour 3

Réveil brutal. Élise passe d'un état totalement endormi à un état d'éveil absolu. Elle ouvre les yeux. Les couleurs de sa chambre semblent plus colorées, plus vives. Elle n'entend plus l'incessant acouphène qui la ronge depuis des mois. Elle entend le bruit des machines, et distingue même quelques chants d'oiseaux à travers la vitre. L'air est à bonne température, c'est fort agréable. Elle regarde ses mains, sa peau n'est plus blanche, elle semble avoir retrouvé son beige et son rose. Comme une personne... en bonne santé.

Elle ne peut cependant pas vraiment bouger. Des électrodes sont placées de part et d'autre de son buste. Elle en sent aussi sur son crâne. Il y a littéralement des dizaines de fils reliés à sa peau.

Face à elle, le docteur Brams, le docteur Dague, et Joséphine. Les trois sont assis et la regardent. Ils sont habillés en tenue de cosmonaute, encore et toujours, et portent d'ailleurs le même masque à gaz que dans le bloc. Elle ne distingue que leurs yeux.

-    Bonjour Élise ! S'exclame le docteur Dague, la voix étouffée par son attirail de guerre. Comment vous sentez-vous ? Vous avez dormi presque quarante-huit heures depuis l'opération !

Élise se sent bien. Aucune fatigue.

-    Je vais bien, docteur. Très bien.

Elle sent qu'il lui manque quelque chose. Quelque chose qui faisait partie d'elle depuis des années.

Ses douleurs.

Aucune. Nulle part. Pas de tête qui bourdonne en permanence. Pas de ventre endolori. Pas de douleurs neuropathiques qui s'emparent de ses bras et jambes et qui lui donnent l'impression qu'elle est envahie de fourmis. Rien.

- C'est parfait ! La première phase s'est parfaitement déroulée. Vos résultats sont très satisfaisants. Vos constantes sont parfaites, et j'ai une très bonne nouvelle à vous annoncer. Vos métastases ont actuellement complètement disparu ! Il n'y a pour l'heure aucune trace détectable de votre maladie. Nulle part.

Élise n'ose y croire. Et pourtant, elle se sent vraiment... bien.

- Cela veut dire que... je suis guérie ?

- Malheureusement, non, ma chère. Pas encore. Le traitement est extrêmement efficace, comme attendu. Mais son action reste encore assez courte, et vous n'en avez pas reçu suffisamment pour que ça dure plus de quelques jours. Il se peut que les cellules cancéreuses se remettent à se multiplier dans les heures à venir. Je vois à votre visage que vous n'avez plus mal, profitez bien, car ce soir vos douleurs risquent de réapparaître un petit peu. Nous pourrons peut-être parler de rémission complète à la fin de votre premier cycle, d'ici quelques jours, qui sait ? Ça va aller très vite.

- D'accord. Cela veut donc dire que je pourrais partir d'ici quelques jours ?

- Je ne pense pas que vous pourrez nous quitter d'aussi tôt, répond-il, l'air peiné. Lorsque le premier cycle sera terminé, nous ne pouvons, d'un point de vue éthique, vous relâcher sans surveillance. On verra comment se comportent votre corps et votre maladie d'ici-là. Peut-être faudra-t-il attaquer assez rapidement le deuxième cycle du protocole, celui censé enrayer complètement et définitivement cette maladie. Mais, n'anticipons pas trop. Profitez de l'instant présent, profitez du bien-être que vous éprouvez. Je ne sais pas si vous vous rendez compte ma chère, mais actuellement, aucune perfusion ne coule dans votre *piccline*. Vous n'avez aucun anti-douleur, aucun corticoïde, rien. Vous êtes simplement bien.

Élise sourit.

- Docteur, je peux sortir prendre l'air ? Juste quelques minutes ?

- Ma chère, ne soyez pas trop impatiente. Vous êtes actuellement encore sous l'effet de la médication. Les doses radioactives qu'on vous a injectées ne doivent pas sortir de cette chambre, elles peuvent être dangereuses pour le monde extérieur. Vous comprenez ?

Elle fait la moue. Elle aurait aimé sortir, et courir. Elle sait qu'elle est de nouveau capable de courir.

- Je comprends votre déception, mais restez patiente. J'imagine que cela doit être difficile pour vous. Regardez la télévision, appelez vos proches, profitez de cet instant agréable. Bien... Je vais vous laisser entre les mains du docteur Brams. Je vous souhaite une belle journée.

Le médecin part à une vitesse fulgurante.

Sa collègue le docteur Brams, jusque-là en retrait et toujours assise, se lève et se rapproche d'Élise.

- Bien, je dois vous poser quelques questions afin d'enrichir l'étude.

La femme en blouse blanche ne prend même pas le temps de regarder sa patiente. Son air hautain n'est pas qu'un air, elle est comme ça. Élise se sent mal à l'aise d'échanger avec cette personne, dont la froideur n'est même pas masquée par son attirail de guerre.

Le docteur Brams prend son calepin et un stylo.

- Durant l'injection de la médication, avez-vous ressenti quelque chose ?

- Je... je ne me souviens plus. J'étais endormie.

- D'accord. Et de manière générale, durant l'anesthésie. S'est-il passé quelque chose de particulier ? Avez-vous des souvenirs ?

Élise hésite. Elle aimerait tout décrire. Cette sensation où elle avait l'impression de tout ressentir, d'être partout et nulle part à la fois, d'avoir accès à des informations qu'elle ne pouvait encore décrypter. Elle a envie de partager ce qu'elle a vécu, parce qu'elle ne comprend pas, parce que ça semble irréel. Elle voudrait qu'on lui explique.

Mais son instinct, peut-être mélangé à l'antipathie qu'elle éprouve pour cette femme qui semble dénuée d'émotions, lui indiqua que pour l'instant, il valait mieux faire vœu de silence.

- Non, pas vraiment. Enfin si, à un moment, j'ai eu l'impression de voir des cubes dorés voler tout autour de moi.

La docteure relève la tête et fixe Élise. Que lui veut-elle ? Plus de détails ? La patiente retient sa langue et tente de ne rien laisser paraître de plus qu'un air un peu benêt.

Brams, après quelques secondes à la fixer, baisse de nouveau sa tête, note quelque chose sur son calepin, puis se lève brutalement.

- Bien, j'ai fini également. Merci pour votre collaboration madame Blanche. Je vais vous laisser en compagnie de Joséphine qui va vous faire votre prise de sang. Je vous retrouve demain, au J4 de votre cycle de traitement. Au bloc.

Elle tourne les talons, puis s'en va d'un pas altier vers la sortie. L'infirmière, qui était également assise depuis le début de l'entretien, attend le départ de la jolie et froide médecin pour se lever et commencer à prélever le sang de la jeune patiente.

Tout se fait en silence. Elle décroche tout de même un *« bonne fin de journée, n'hésitez pas à me contacter si vous avez besoin de quoi que ce soit »* puis s'en va à son tour.

Élise se retrouve enfin seule, avec ce corps qui a l'air d'aller très bien. Elle regarde tout autour d'elle. Elle se sent bien, oui, mais très différente, aussi. Comme si ce médicament lui avait... ouvert des portes. Des portes situées dans son cerveau, qui étaient inaccessibles jusqu'à présent. Ses sens sont décuplés. Et puis... d'autres sens sont apparus, des sens qu'elle ne peut encore ni décrire, ni comprendre.

Elle pense à sa grand-mère.

Soudain, le temps s'arrête. Élise la voit. Sa grand-mère. Elle est toujours dans sa chambre, et pourtant, elle voit sa grand-mère, chez elle, sur son canapé. Elle regarde la télévision. Ce n'est pas un souvenir, ce n'est pas un rêve. Élise voit sa grand-mère, maintenant, depuis sa chambre.

Le temps revient, la jeune fille aussi. Que s'est-il passé ? Le produit qu'on lui a injecté donne-t-il des hallucinations ? Peut-être devrait-elle poser la question. Ou peut-être pas. Son instinct continue de lui souffler de ne rien dire. Depuis quand a-t-elle de l'instinct ?

Elle décide donc d'appeler sa grand-mère. Elle pose son regard vers la table roulante à quelques centimètres de son lit, sur laquelle est posé son téléphone. Le plateau roulant, beige, semble se déformer et se met à onduler, et c'est comme si... Elle peut y distinguer son vide. Son vide rempli d'informations, celui qui compose cet endroit de cette table. Élise lève les yeux, et se concentre alors sur sa main. Celle-ci se met à trembler légèrement. Un tremblement imperceptible. Elle a l'impression que cette partie de son corps se transforme... en onde.

Elle avance sa main ondulante vers cette zone de la table, cette zone de vide remplie d'information, et...

Son téléphone se met à sonner.

Gabriel l'appelle. Elle reprend ses esprits. Le vide disparaît de sa vision. Sa concentration s'unifie à nouveau, puis sa main bifurque et attrape le téléphone.

- Gaby !

- Allô ma belle. Dis donc, tu as une voix enjouée ! Comment vas-tu ? J'ai essayé de te joindre plusieurs fois ces deux derniers jours, je me suis un peu inquiété ! J'ai appelé ta grand-mère qui a réussi à joindre le standard. Apparemment tu as dormi tout ce temps, espèce de marmotte !

- Je suis désolée. Oui, apparemment, j'ai beaucoup dormi. Je ne suis plus du tout fatiguée, du coup ! Et toi comment tu vas ?

- Moi, tu sais que ça va toujours. Mais toi. Raconte-moi ! Raconte-moi tout !

J'aimerais pouvoir tout te raconter.

- Et bien écoute, j'ai eu un traitement en intraveineuse jeudi matin, puis ils m'ont fait passer dans une espèce de machine qui ressemblait à de la radiothérapie. Mais pour une raison que j'ignore, pour aller dans la machine, j'ai été mise sous anesthésie générale.

- C'est parce qu'ils ont vu que tu es incapable de tenir en place, même à l'article de la mort. Ou alors ils ont réalisé des expériences totalement illégales sur ton petit corps tout frêle.

Élise rit. S'il savait...

- Oui, ça doit être pour ça ! répond-elle. Puis, j'ai dormi, et dormi encore, et là, je me sens super bien. Le médecin vient de m'expliquer à l'instant que le médicament avait super bien fait son travail. Il m'a même parlé de rémission complète d'ici quelques jours, si tout se passe bien.

\- Waouh, incroyable. Je le savais. Je savais que tu allais tout déchirer.

\- Oh, tu sais, mis à part dormir et me laisser faire, je n'ai pas fait grand chose...

\- Oui, mais tu as la motivation pour guérir. Je ne sais pas comment la motivation influence ton corps, mais visiblement, ça marche !

\- Sûrement... Bon, assez parlé de moi. Tout va bien de ton côté ? Comment va ta copine ?

Sujet épineux.

\- Ah oui, avec Chloé, ça va... Enfin non, ça ne va pas trop. Elle s'éloigne de jour en jour. Et le problème, c'est que j'ai de moins en moins envie de la retenir...

\- Oh, je suis désolée pour Chloé et toi.

\- Arrête de mentir.

\- D'accord. Largue-là, et on n'en parle plus. C'est une peste de toute façon.

Ils rient de bon cœur. Que ça fait du bien d'entendre sa voix. Que c'est agréable de discuter avec lui, d'autres choses que du cancer, et surtout, de pouvoir discuter sans douleur. Que ça lui fait du bien de lui dire tout haut ce qu'elle pense tout bas de cette fille qu'il côtoie depuis des mois, même si c'est sous le couvert de l'humour. C'est vrai quoi, elle n'a jamais aimé Chloé, et Chloé ne l'a jamais aimée également. Elle est trop jalouse, trop possessive, trop superficielle, trop capricieuse. Mais c'est un sujet qu'ils n'abordaient plus ces dernières semaines étant donné l'état de fatigue de la jeune cancéreuse. Elle était trop affaiblie. Elle ne pouvait se concentrer réellement sur ce que son meilleur ami avait à lui confier. Elle n'avait pas suffisamment d'énergie pour lui donner des conseils, même être dans une écoute active et bienveillante lui était difficile. Elle s'en voulait terriblement, avec ce ressenti parfois, de ne pas être une bonne amie. Elle décide néanmoins de passer à un autre sujet.

- Ah, au fait, Gab. J'ai une question. Tu sais, ce créateur de contenus sur les réseaux sociaux, celui qui parle un peu de tout ? L'astronomie, la biologie, la physique quantique, tout ça tout ça... C'est qui déjà ? J'avais bien aimé ses vidéos. Je l'ai trouvé marrant.

- Tu t'intéresses aux sciences toi maintenant ? T'es sûre que le traitement ne t'a pas laissé trop d'effets secondaires ? T'as de la fièvre ?

- Arrête de faire le niais, Gabriel ! Je m'ennuie un peu ici, c'est tout. Je vais essayer d'utiliser mon temps ces prochains jours pour apprendre de nouvelles choses. De toute façon, je suis encore enfermée quelque temps dans cette chambre.

- Ça reste bizarre. Mais OK, puisque tu veux devenir intelligente. Le gars, c'est Clément de la chaîne Civitron.

- Merci, l'ami ! J'irai voir ça tout à l'heure. Bon, je te laisse. Je vais appeler ma grand-mère.

- D'accord. Prends soin de toi, d'accord ? Appelle-moi quand tu veux. Bisous.

- Bisous.

Ils raccrochent, et sa grand-mère appelle dans la foulée.

- Bonjour Mamie ! Tiens c'est drôle, je viens juste de dire à Gabriel que j'allais raccrocher avec lui pour t'appeler.

- Comment ça, ton petit amoureux a des nouvelles de toi avant moi ? Oui, moi aussi, je pensais à toi depuis quelques minutes. J'avais l'impression que tu étais avec moi pendant que je regardais les infos.

Elle aussi avait donc eu l'impression qu'Élise était avec elle ?

-     Je suis si heureuse d'entendre ta voix, Mamie. Et ce n'est pas mon amoureux.

-     Oh, on ne me la fait pas à moi, ma petite dame. Et je suis très heureuse aussi. J'ai appelé le standard du labo tous les jours depuis que tu as commencé ton traitement. Ils m'ont dit que tout s'était très bien passé mais que tu avais beaucoup dormi.

-     Oui, c'est ça. Le traitement a bien fonctionné. Je reviens bientôt. Promis.

-     Tu as intérêt. Tu me manques un peu trop, tu sais. C'est long de ne pas te voir, ma chérie.

La gorge d'Élise se serre. Sa grand-mère est sa dernière famille. Son géniteur a pris la fuite à l'annonce de la grossesse. Et sa mère est morte quelques heures après l'accouchement, des suites d'une hémorragie. Elle a donc été prise en charge par la mère de sa mère, et n'a connu que cette femme comme modèle familial. Mais, du plus loin qu'elle se souvienne, Élise n'a jamais manqué de rien. Et si parfois elle aimerait elle aussi avoir un papa et une maman, elle sait que sa grand-mère a un cœur suffisamment grand pour remplacer tous les parents du monde.

-     On se retrouve très vite, Mamie.

Élise se sent soudainement prise de fatigue. Sa tête se remet légèrement à marteler contre ses tempes. *Il t'a prévenu. C'est normal. Ne panique pas.*

Elle écourte sa conversation avec sa grand-mère, en prenant les précautions de ne pas parler de son état actuel pour éviter de l'inquiéter. Elle appuie sur le bouton d'appel de l'infirmière qui arrive dans les trente secondes suivantes. Elle explique ses symptômes, Joséphine repart à nouveau quelques minutes, puis revient pour faire couler dans son *piccline* un nouveau cocktail d'anti-douleurs et anti-inflammatoires et lui propose un relaxant en plus de tout cela. La jeune patiente l'avale, remercie sa soignante, puis allonge son lit médicalisé pour profiter des effets de la médication. *Allez, courage, n'oublie pas ce qu'ils t'ont dit. Demain tu auras de nouveau ce traitement magique. Ça va aller. Reste forte.*

Elle s'endort sur ces pensées réconfortantes.

Destinataire : Docteur Martin

De : Docteur Dague

Objet : J4, deuxième injection

Cher confrère,

La deuxième injection va avoir lieu à dix heures ce jour. La patiente a commencé à présenter de nouveaux symptômes hier, en fin de journée. La prise de sang effectuée à 4h30 indiquait de nouveau la présence de cellules tumorales. Elles se sont multipliées plus rapidement que prévu.

Son ECG est resté plus ou moins normal, avec quelques arythmies sans gravité pour la poursuite du protocole.

Son activité cérébrale a continué de diminuer, jusqu'à redevenir normale lorsque la quantité d'Atrium fut indétectable dans son sang.

La patiente décrit avoir vu dans son sommeil des cubes dorés tournoyer autour d'elle. Elle n'a à priori pas de souvenirs supplémentaires.

D'après les résultats de ses prises de sang et la quantité de cellules tumorales mesurées, nous passons donc au plan B : nous ne doublons pas la dose J1, nous la triplons. Nous resterons par contre sur les mêmes quantités et durée de rayonnement initialement prévus.

Voici donc le tableau prévisionnel résumant la
suite du protocole :

	J4	J7
Atrium (ng)	0.9	1.5
Rayon gamma (mSv)	0.9	1.2
Temps d'exposition (sec)	4	6

Je suis conscient du risque encouru par ce
changement, mais nous ne souhaitons pas perdre de
vue les objectifs tant attendus.

Avez-vous des nouvelles concernant le patient 02
?

Je vous tiens, comme d'habitude, informé du
déroulement de ce J4 dès que possible.

Ci-joint le compte rendu détaillé du Dr Perron
faisant suite à la première injection.

BAV,

Dr Dague

Jour 4

Neuf heures trente. Élise est réveillée depuis cinq heures. Joséphine lui a fait une prise de sang, et elle n'a pas réussi à se rendormir. Bien qu'atténuées, ses douleurs sont revenues de plein fouet. Son cerveau ne pense plus qu'à ça, il ne peut se concentrer sur autre chose. Elle a perdu toute détermination en cet instant, souhaitant juste pouvoir dormir un peu. Mais même le sommeil l'a abandonnée.

Comment a-t-elle pu passer d'un état normal se rapprochant de la rémission complète, à cette impression d'être de nouveau mourante, en seulement quelques heures ?

Joséphine n'a pas su répondre à sa question, et elle n'a croisé aucun médecin. L'angoisse la tiraille presque autant que ces maux qui s'emparent progressivement de tout son corps.

L'infirmière lui a tout de même expliqué qu'aujourd'hui, elle n'aurait pas d'anesthésie générale. On la mettra seulement sous un sédatif modéré, afin qu'elle reste détendue.

Elle n'arrive plus à se créer de pensées réconfortantes. Elle n'arrive plus à voir le visage des personnes qu'elle aime. Elle veut juste qu'on la soulage. Elle n'a pas envie de se le dire, mais elle voudrait presque mourir à cet instant. Juste pour être soulagée.

*

La même équipe est dans le bloc.

Mêmes tenues étranges.

Tout ressemble exactement comme au J1.

Brams prend son microphone.

- Jour 4 Atrium/Rayon Gamma. Deuxième injection d'Atrium à 0.9 ng. Puis exposition aux rayons gamma durant 4 secondes à une puissance de 0.9 mSv. Nous allons commencer par la sédation modérée. Champ magnétique activé.

Élise est allongée sur le même lit que la dernière fois. On lui pose un masque noir sur les yeux, pour occulter la lumière. Les vitres se referment et elle se retrouve prisonnière dans cette machine du futur. On lui injecte la sédation dans son *piccline* grâce à une télécommande restée à l'extérieur.

« *injection d'atrium* », entend-elle derrière les épaisses vitres. Elle sent le produit entrer dans son corps. Il lui procure instantanément et simultanément une sensation de chaud et de froid.

Vide.

*

Je n'entends pas et ne vois pas, et pourtant je vois tout et j'entends tout. Je suis malade et guérie. Je suis dans ce vide plein d'informations, ce vide palpable qui me constitue.

Ça tourne encore autour de moi, ces cubes. L'Atrium, je crois. Je le ressens lui aussi. Il entre en connexion avec moi. Il devient Moi. Durant un temps indéterminé, peut-être une éternité. Peut-être une fraction de seconde. Mais nous ne faisons qu'un, à cet instant précis.

Je sens une énergie s'emparer de mon corps. Une énergie brute, puissante, plus puissante que jamais. Elle est là, cohabite avec ma matière, ne demande qu'à la sublimer.

« Connecte-toi ».

Mon esprit sort du vide rempli d'informations. Je ne vois pas et n'entends pas, et pourtant... Je vois à travers l'information. Une pièce, remplie de microscopes et autres machines que je n'ai encore jamais vues auparavant. Je vois tout, à 360 degrés. Je vois cette lame sur laquelle est posée cette goutte de sang. Mon sang. Mon sang qui vit encore, séparé de mon corps. Je comprends ce qu'il se passe. Je suis sur cette lame, posée dans cette boîte transparente ressemblant à une pouponnière pour enfant prématuré. Et au-dessus de moi, au-dessus de mon sang, je la vois.

Aurore Perron.

Immobile. Complètement immobile. Elle porte aussi une combinaison et un masque à gaz. Elle semble fixer la lame. Sur la table, à côté, une lettre manuscrite, étalée sur plusieurs pages. Je la lis entièrement et de manière instantanée. L'information est instantanée. Totalement instantanée.

Vide.

Élise.

Tu n'es pas en sécurité ici. Le traitement qu'on te donne n'a pas pour vocation de te guérir.

Depuis des années, nous faisons des recherches sur les cellules cancéreuses et leurs propriétés quantiques. Nous nous sommes aperçus que leur topologie, soit la manière dont les éléments qui les constituent sont agencés dans l'infiniment petit, étaient propices au phénomène d'intrication.

En parallèle de ces recherches, nous avons récemment découvert un nouvel élément radioactif, dont la topologie est très similaire : l'Atrium.

Les cellules cancéreuses ont la particularité d'être particulièrement actives. Elles se multiplient vite, elles sont grosses, et fortes. Elles forment un complexe à l'intérieur de toi, presque totalement autonome.

Nous avons fait de nombreuses expériences et avons réussi à intriquer des cellules cancéreuses de souris avec l'Atrium. Cette intrication provoque leur annihilation respective, et crée de l'antimatière. L'antimatière est une source d'énergie que l'humain cherche à exploiter depuis des années car extrêmement puissante et au potentiel presque illimité : lorsque notre civilisation pourra enfin s'en servir, ce sera le début d'une révolution technologique qui bouleversera notre monde.

Le problème actuel, c'est que la seule manière connue actuellement pour « créer » de l'antimatière en nombre, et surtout la maintenir dans un état stable suffisamment longtemps pour pouvoir la stocker, est lorsqu'on fait interagir l'Atrium avec des cellules cancéreuses.

Je pense que tu commences à comprendre où je veux en venir. Les personnes atteintes de cancer sont, pour les chercheurs en charge de ce projet et surtout leurs investisseurs, de véritables vaches à lait. Leur but est de trouver la juste dose à administrer aux patients pour « récolter » de l'antimatière produite dans leur corps, sans les tuer trop rapidement. Cette source énergétique très instable est contenue dans un champ magnétique très puissant créé par l'Activateur - la machine dans laquelle ils te placent lorsqu'ils t'injectent l'Atrium, puis envoyée et stockée aux sous-sols, dans une salle spécialement étudiée pour convertir l'antimatière en énergie réutilisable.

Cette matière exotique n'est pas censée exister et être maintenue aussi longtemps dans un corps humain, ni même dans notre monde rempli de matière « normale ». L'énergie produite par l'antimatière est extrêmement dangereuse, et pourrait potentiellement te tuer en une fraction de seconde. C'est ce qui va se passer d'ici quelques semaines pour toi. Ils vont exploiter ta maladie pour créer de l'énergie, et lorsque tu seras trop faible car abîmée par les hautes quantités d'antimatière qui entreront en contact avec toi, ils te laisseront tout bonnement... mourir. Plusieurs personnes sont déjà inscrites sur cet essai clinique pour te remplacer lorsqu'ils en auront fini avec toi.

Je suis intégrée à ce projet depuis son début, il y a quatre ans de cela. Lorsque j'ai commencé ma thèse, je pensais vraiment que le but de ces recherches était de guérir les malades. J'ai malheureusement très vite déchanté, et aujourd'hui, je suis bloquée. Je suis coincée ici, tenue par des accords de confidentialité. Si je parle, si je dénonce, je serai au même titre que toi, tout simplement éliminée. Je ne peux pas me permettre de mourir sans avoir empêché, ou du moins essayé d'empêcher l'hécatombe qui va arriver si Hammond Laboratoires se met à exploiter des patients désespérés à des fins purement financières.

Il y a cependant une chose que le docteur Dague et toute son équipe n'ont pas anticipé lors de cette étude. Et pour cause, je fais tout pour leur cacher depuis le début : une partie de l'antimatière produite par l'interaction entre l'Atrium et les cellules cancéreuses arrive à être exploitée par les cellules de ton cerveau. En d'autres termes, lorsque tu reçois le traitement, ton cerveau devient sur-stimulé. Je pense que cette activité cérébrale induite par l'antimatière te permet d'accéder à des capacités extra-sensorielles qui ne te seraient pas accessibles sans tout cela. Je ne sais pas encore comment cela fonctionne, mais d'après les résultats de ton EEG, il semblerait que ton cerveau ait une activité proche de son maximum durant les heures qui suivent l'administration d'Atrium.

Je te soupçonne de pouvoir « intriquer » ta conscience là où des parties de ton corps sont « stockées ». Tu pourrais avoir l'impression d'être à plusieurs endroits en même temps, du moment qu'à ces endroits, il y a des parties de toi. Ici en l'occurrence, il y a ton sang sur cette lame. Je pense à cela car lorsqu'on t'injecte l'Atrium au bloc, les cellules cancéreuses de ton sang qui sont dans mon laboratoire, interagissent simultanément et se désintègrent également pour créer de l'Antimatière.

Je pense également que le traitement peut te donner durant un court laps de temps, beaucoup d'énergie. Tes sens doivent être plus aiguisés, tu dois avoir plus de force de manière générale. Cela pourrait sûrement te suffire pour tenter de t'échapper d'ici.

Tout ce que je t'expose actuellement reste de l'ordre de l'hypothèse. Pour la confirmer, il faut que tu rentres en contact avec moi.

Pas de vive voix, évidemment. Notre échange doit rester le plus discret possible. J'aimerais que tu communiques avec moi grâce à l'intrication. Je ne sais pas comment, j'espère que tu trouveras les ressources en toi. Et j'espère surtout que je ne fais pas fausse route.

Je te le redis donc, il faut que tu sortes d'ici.

J'ai une équipe, à l'extérieur du laboratoire. Des chercheurs indépendants, qui ont pour réelle vocation de sauver les patients atteints de cancer. Des personnes qui ne sont pas corrompues par l'argent et le pouvoir. Ces hommes et femmes existent encore, je te le promets. L'équipe travaille d'arrache-pied pour utiliser l'Atrium à des doses réellement thérapeutiques afin de soigner des malades. Et non pour générer une source de revenus en créant à grande échelle une énergie encore trop instable et incontrôlable.

Ta fugue va chambouler Hammond Laboratoires. Je compte faire en sorte de médiatiser ce qui est en train de se passer une fois que tu seras dehors, afin d'éviter le massacre qui va arriver. Mais chaque chose en son temps. La priorité maintenant, c'est ta sécurité.

Si tu arrives à me répondre, je ferais en sorte de te faire sortir d'ici avant la fin de ton protocole. Avant que tu sois trop faible pour tenter quoi que ce soit.

Il faut que tu restes connectée à moi. Je te donnerai les informations en temps voulu.

Garde le cap, Élise. Tu n'es pas seule. Et surtout, réponds-moi.

Aurore Perron

Destinataire : Docteur Martin

De : Docteur Dague

Objet : Compte-rendu J4, deuxième injection

Cher confrère,

La deuxième étape s'est très bien déroulée.

Les constantes sont stables, ECG normal. La patiente se repose dans sa chambre. Elle semble un peu absente, elle n'a pas décroché un mot depuis l'intervention.

Nos objectifs ont été atteints :

Antimatière récupérée	0.45 ng
Potentiel énergétique	150 000 MW

Son EEG a montré une activité plus intense durant la phase d'intrication, comme attendu. Elle s'est maintenue à son maximum durant presque huit heures.

Nous attendons que la patiente retrouve ses esprits pour la questionner sur les sensations qu'elle aurait pu percevoir durant et après la phase de traitement.

Par ailleurs, je voulais discuter avec vous du docteur Perron.

J'ai l'intuition qu'il manque des informations sur ses deux derniers comptes-rendus. Elle qui est toujours très formelle sur les résultats obtenus, elle reste évasive, notamment sur les potentielles explications de l'activité cérébrale de la patiente. Elle m'affirme ne pas en savoir davantage que moi. Je reste tout de même méfiant à son égard.

Nous gardons en observation la patiente jusqu'à J7, comme prévu depuis le changement au J1.

Je vous tiens informé du moindre changement.

Ci-joint, le compte rendu du docteur Perron.

BAV,

Dr Dague

Jour 5

Réveil brutal.

Élise est dans sa chambre. Elle est légèrement déboussolée, cette fois-ci. Elle ouvre les yeux. Les couleurs sont redevenues intenses. Ses sens sont de nouveau décuplés. Encore plus que la dernière fois.

Mais elle n'essaye pas de se concentrer sur ce qu'elle observe ou ressent à cet instant précis.

La lettre est imprimée dans sa tête, elle revient en boucle, comme une alarme.

Elle n'a pas eu besoin de la lire pour la comprendre. L'information est venue d'elle-même et s'est logée dans ses neurones.

Était-ce un rêve ?

Probablement pas.

Comment savoir ?

Elle ferme les yeux, et tente de se concentrer.

Elle revoit toute la scène et toutes les informations, mais... Elle n'y est plus. À la manière d'un souvenir, il n'y a pas de sensations.

Elle ouvre les yeux, observe son corps : sa peau est de nouveau beige et pulpeuse. Elle ferme les yeux et se concentre sur son sang. Elle peut ressentir chaque cellule sanguine voyageant dans ses veines. Puis, son attention part sur le mur orangé en face d'elle, et peut deviner son vide.

Le docteur Dague, Brams et Joséphine entrent dans sa chambre, les uns derrière les autres, silencieusement.

- Bonjour ma chère Élise ! Lance le médecin. Comment vous sentez-vous, aujourd'hui ?

- Bonjour docteur. Je me sens à nouveau très bien.

- Parfait. Les résultats de cette deuxième injection sont à la hauteur de nos espérances. Nous avons triplé la dose, hier. Si tout se passe bien, vous devriez vous sentir bien encore jusqu'à demain, avant que votre corps élimine complètement le produit. On vous administrera la dernière dose après-demain, soit au J7. Vous souvenez-vous de l'intervention ?

- Pas vraiment. Je me souviens à nouveau d'avoir vu des cubes dorés tournoyer autour de moi, comme des guirlandes. Et puis après, la sédation a fait effet, et... tout est flou. Je ne me souviens même pas être revenue ici.

- Oui, vous vous êtes effectivement endormie. Le traitement semble vous fatiguer sur l'instant, lorsque sa concentration dans votre corps est à son maximum. Mais par contre, vos examens cérébraux sont fascinants. C'est comme si vos neurones dansaient durant la phase de traitement. Rien à nous signaler à ce niveau-là ? Des sensations particulières, des douleurs ?

- Non... Rien de spécial, docteur.

Élise ne leur dira rien. Elle ne comprend pas encore bien ce qu'elle vient de vivre. Elle ne se sent surtout plus en confiance, ayant l'impression de passer d'une privilégiée qui bénéficie d'un traitement révolutionnaire, à une souris de laboratoire qui subit tout plein d'expérimentations, et qui finira par mourir dans sa cage. Elle a profondément envie de déguerpir. Tant pis pour sa guérison.

Une légère sensation d'étouffement la prend. Elle essaye de déglutir discrètement. *Surtout, n'éveille aucun soupçon.*

-     D'accord, ma chère. Bien. Nous vous laissons vous reposer. Comme d'habitude, si vous avez besoin de quoi que ce soit, n'hésitez pas à nous solliciter. N'oubliez pas, nous sommes là pour vous.

Il la regarde dans les yeux, lui adresse un sourire qui semble comme à son habitude tout sauf naturel, puis se lève et part sans dire un mot de plus. Les femmes qui l'accompagnent emboîtent son pas et laissent Élise face au dilemme qui commence à s'installer en elle.

Rester ? Faire confiance en cette sorte de rêve ? Cette chercheuse qui paraissait si froide et si dénuée d'émotions, comme tous les autres ici, était-elle vraiment là pour la sauver ?

Tellement de questions se bousculent. La jeune femme prend une bonne inspiration, et essaye de faire un état des lieux intérieur. *Recommence depuis le début. Remets en ordre.*

Déjà, l'injection d'Atrium. Puis, ce que le docteur Perron nommait antimatière. Elle l'envoie dans ce vide rempli d'informations. Cet endroit qu'elle ne peut décrire autrement, car rien au monde, sur cette planète, n'y ressemble. Elle voit ces cubes tourner, elle pense que c'est l'Atrium. Elle se ressent comme un Tout, un Tout capable de Tout. Elle est connectée à ce vide qui n'en est pas vraiment un, et a accès à toute l'information qu'elle désire en temps réel. Quelle information ? Elle ne sait pas, elle ne le ressent plus aussi fort.

Là, présentement, c'est différent. Comme après sa première injection, elle se sent bien oui, sans douleur, sans maladie. Mais elle ne se sent pas comme un Tout. Elle est obligée de se concentrer sur une partie d'elle-même ou de toute autre endroit précis autour d'elle, pour avoir accès... au vide rempli d'informations qui fait baigner les fameuses particules. Mais chaque seconde qui passe semble l'éloigner de cette capacité, et l'oblige à redoubler de concentration.

C'est la concentration d'antimatière qui doit diminuer progressivement dans mon corps, si j'ai bien compris la lettre. Je n'ai plus accès à l'information, car il n'y plus autant cette énergie qui est capable de m'y conduire.

D'accord. Tout semble logique, vu comme ça. Elle sait donc ce qui lui reste à faire.

Elle est fatiguée. Pas physiquement, pas à cause de la maladie. Non, aucune douleur. Pourtant, lorsqu'elle se concentre dessus, elle la ressent. La maladie est toujours là, en quantité infime aux tréfonds de sa propre matière. Elle arrive à la percevoir, tapie au fond de sa moelle osseuse. Elle va revenir.

Non, c'est une fatigue psychologique. Elle est submergée d'émotions. Déçue, apeurée, triste... Seule.

Elle regarde son téléphone. Elle se concentre, voit le vide rempli d'informations qui le compose... Puis arrête de se concentrer. Elle a compris comment cela marchait, et elle a l'impression que plus elle se concentre, moins cela fonctionne.

Utiliser l'antimatière la consume plus vite. Je dois l'économiser.

Elle prend son téléphone, et décide que pour ce soir, elle redeviendrait une jeune fille normale. Elle a reçu des messages des deux personnes qu'elle aime le plus au monde. Elle leur répond rapidement, les rassure, mais n'a pas envie de les appeler.

Elle a tellement envie de les revoir. Elle sait que si elle se concentre, elle peut les retrouver maintenant, tout de suite. Les voir sans les voir, les entendre sans les entendre. Elle le sait car les pensées de sa grand-mère et de Gabriel sont remplies... d'Élise. Ils pensent tellement fort à elle qu'elle pourrait s'intriquer à leurs pensées, qui paraissent aussi vivantes que son propre sang posé sur cette lame.

Comme si les pensées étaient constituées d'une partie de moi, elles aussi. Perron ne m'a pas parlé de ça dans sa lettre. Elle ne doit pas savoir. Il faudrait que j'arrive à le dire à la chercheuse.

Elle met ses écouteurs sans fil, prend son téléphone, et lance la recherche « Clément Civitron » dans la barre de recherche, puis passe en revue les vidéos dudit créateur de contenu. Elle clique sur l'une d'elles, sans surprise : « L'Intrication Quantique, c'est quoi? » Vingt minutes de vidéo. Élise appuie sur play.

Fond musical au thème un peu mystique.

« Si deux particules ont interagi dans le passé, elles demeurent liées entre elles par une connexion inexpliquée que la distance, même la plus lointaine, ne peut annuler ou affaiblir. Nous allons tenter dans cette vidéo d'expliquer ce phénomène absolument fascinant.

« Salut les Terriens ! J'espère que vous allez bien ! Bienvenue sur la chaîne Civitron, celle où on explique « à peu près » la science. Oui, bon, on fait ce qu'on peut, hein. On n'a pas tous le QI de Bébert !

Clin d'œil gênant.

« Aujourd'hui on se retrouve pour une nouvelle vidéo qui va traiter de votre sujet pré-fé-ré : la mécanique quantique ! Pour être plus précis, on va parler du phénomène qui me paraît personnellement le plus dingue de cette science : l'in-tri-ca-fion ! Tion, tion, pardon !

Son d'un public qui râle en fond sonore.

« Oui je sais, là comme ça ça ne veut rien dire, mais restez jusqu'au bout de la vidéo, vous allez voir, c'est passionnant.

Mais avant de vous expliquer comment l'intrication fonctionne, ou plutôt tenter de vous expliquer comment ça marche, laissez-moi vous faire un peu d'histoire. »

Elise coupe deux secondes la vidéo. Le créateur doit s'approcher de la quarantaine. Il porte une casquette qui cache des cheveux mi-longs de couleur poivre et sel. Son style vestimentaire est décontracté, portant toujours des t-shirts évoquant soit l'astronomie, soit l'univers de la science-fiction. Il ne ressemble aucunement à un scientifique. Il est dans un bureau avec en fond des objets spatiaux, des néons, des figurines de jeux vidéos ou de mangas, bref, un univers très *geek*. Sa manière de parler est dynamique, très familière, pour ne pas dire vulgaire par moments. C'est ce style très opposé au côté scolaire et sérieux du monde des sciences, qui a fait sa réputation : il est attachant, drôle et veut apprendre des choses à son public tout en les amusant. La première fois que Gabriel lui avait montré ce gars-là, elle n'avait pas du tout accroché au personnage qui lui paraissait en faire des tonnes. Aujourd'hui, elle le trouve plutôt amical.

« Bon, je vous rassure, je ne vais pas vous expliquer pendant des heures l'histoire de la mécanique quantique. Si vous voulez plus d'information sur cela, allez checker ma toute première vidéo sur le sujet, le lien est juste ici !

« Commençons. La première fois que « l'intrication » a été évoquée par quelqu'un, c'était en 1935, par... Roulement de tambour... Et oui, le grand, l'unique, le Magnifique Albert Einstein en personne ! Ainsi que deux de ses confrères, faut pas les oublier non plus hein, nommés Podolsky et Rosen. Le très connu Erwin Schrodinger a aussi étudié le phénomène dans le même temps, et c'est à lui que l'on doit d'ailleurs le mot « intrication » pour décrire ce... truc. En fait, pour faire un résumé du résumé, les quatre mousquetaires de la physique nommés

préalablement, ils pensaient que l'intrication, c'était pas vraiment possible. Enfin si, que c'était possible, mais pas vraiment. Ils n'arrivaient pas à se dire que deux particules peuvent interagir à distance sans une explication plus... conventionnelle. Pour eux, il y avait forcément une explication qu'on n'avait pas encore découverte. Je ne vais pas rentrer dans les détails du pourquoi et du comment, mais leur idée de l'intrication était formellement opposée à celle d'un autre chercheur, Niels Bohr, qui lui, ne voyait pas d'inconvénient à constater mathématiquement un phénomène sans réellement le comprendre. Finalement, nos quatre fantastiques, ils en sont venus à la conclusion que la mécanique quantique était une science... incomplète. C'est tout. Voilà. Fin de la vidéo.

« Non, je déconne.

« En 1964, quand nos cinq scientifiques étaient déjà morts depuis quelques années, un physicien du CERN, John Bell, a réussi à nous pondre un théorème ré-vo-lu-tion-naire. En gros, le type a réussi à mettre d'accord l'idée d'Einstein et ses compères avec celle de Bohr : en résumé, en mettant tout le monde d'accord, cette théorie valide l'existence de l'intrication quantique ! Et le meilleur dans cette histoire, c'est qu'elle se base sur des mesures quantifiables : elle peut donc être vérifiée par l'expérience.

« Bon, ça a pris encore quelques années pour mettre en place tout ça, mais plusieurs expériences ont été réalisées depuis 1972, notamment par trois physiciens : John Clauser, Anton Zeilinger et... Un français, plus précisément un lot-et-garonnais, nommé Alain Aspect ! Ces trois chercheurs ont réussi à prouver grâce à divers travaux expérimentaux et ce, de manière irréfutable, le phénomène d'intrication quantique. Ils résolvent le paradoxe évoqué cinquante ans plus tôt par nos quatre mousquetaires.

« Et c'était quoi l'expérience de notre Alain National ? En gros, grâce à une source de lumière contrôlée, il a démontré la capacité de deux photons, ces particules immatérielles qui composent la lumière, à se comporter comme un système quantique unique dès lors qu'elles ont interagi dans le passé. Et ce, peu importe la distance qui les sépare. En gros, si on fait subir quelque chose à un photon, son jumeau réagit de la même manière, même s'il n'est pas à côté de lui. C'est ça, l'intrication quantique. C'est dingue, non ? Figurez-vous que cette découverte majeure a permis, entre autres, d'ouvrir la voie à de nouvelles technologies basées sur la physique quantique, notamment en informatique. C'est pas dingue, ça ?

Voix en fond : « Tu te répètes Papy ! »

« Imaginez toutes les autres avancées qui pourraient arriver dans les années à venir si l'intrication arrive à être encore plus exploitée. T'imagines, toi, t'es chez toi pépère en train de mater ton petit ©Netflix du soir, et d'un coup tu t'intriques avec ton jumeau qui vit au USA et qui est en train d'emballer Zendaya ?

Musique et divers sons évoquant une scène érotique. Le créateur de contenu hausse les sourcils plusieurs fois d'affilée, en affichant une tête de bienheureux.

« Bref, trêve de plaisanteries, je trouve que ce phénomène est juste... incroyable. Oui, oui, je me répète, je sais.

« Bon sur ce, je vous laisse dans vos rêveries d'un univers quantique où on pourrait, je sais pas moi, se téléporter, commander un mcdo qui arrive instantanément sur ta table basse, ou téléporter Zendaya... ben quoi ? On a bien le droit de rêver, non ?

« C'était votre dévoué Clément de la chaîne Civitron ! Portez-vous bien, et à la prochaine pour apprendre à peu près la science ! Tchoss ! »

Elle coupe son téléphone. Ce créateur de contenu qui ne sait pas rester sérieux plus de dix secondes a eu moins eu le mérite d'avoir captivé son attention quelques minutes et lui a permis comme il aurait si bien dit, d'« à peu près » comprendre, sans qu'elle n'utilise le vide rempli d'informations, ce qu'elle avait apparemment vécu.

Elle savait donc ressentir l'intrication, et pouvait la contrôler dès lors qu'elle avait de l'antimatière en elle. Elle avait réussi à se connecter à ses cellules sanguines, encore « vivantes », situées dans une autre pièce, un autre bâtiment que le reste de son corps. Elle a également réussi, du moins lui semble-t-il, à se connecter aux pensées de sa grand-mère et peut-être même celles de Gabriel, dès lors que les pensées de ses humains préférés étaient tournés vers elle.

Incroyable.

Elle savait encore mieux ce qui lui restait à faire. Et elle devait agir dès maintenant.

*

Le docteur Perron a les yeux rivés sur la lame. Le sang d'Élise commence à se dessécher. Elle doit le jeter, mais continue de le fixer. Elle l'a finement analysé au microscope durant toute l'intervention de la phase 2. C'était fascinant, toutes ces cellules qui se mettent à danser pour s'organiser. Ces cellules sanguines qui passent de l'entropie, perturbées par leurs consœurs cancéreuses bien plus grosses et destructrices, à un ordre bien défini, celui qu'elles sont censées avoir dans un corps sain. Et surtout, ces monstres tumoraux qui soudainement semblent disparaître comme par enchantement, créant simultanément cette matière invisible, impalpable et d'une puissance colossale, qui s'annihile également en une fraction de seconde. C'est passionnant à voir. Elle ne se lasse jamais de ce spectacle.

Elle adresse une pensée à Élise, qui doit bien se demander ce qui lui est arrivé hier. Elle espère que son plan fonctionnera.

Le sang est immobile. Il commence à noircir par effet d'oxydation. Bon, il est temps. Elle le sort de la boîte transparente dans laquelle il est stocké afin de contenir sa radioactivité, se lève et va chercher son café qui vient de couler. Son laboratoire est à moitié plongé dans la pénombre, seules les lampes de bureau sont allumées. La chercheuse est mieux concentrée lorsqu'elle n'est pas envahie par les lumières agressives du plafond.

Elle revient à son bureau, puis est prise d'un vertige.

Ce n'est pas possible.

Devant, elle, la lame pleine de sang séché.

Elle a réussi.

La tâche n'en est plus une. À la place, il est écrit en lettres rouges foncées :

Je t'entends

Destinataire : Docteur Martin

De : Docteur Dague

Objet : J7, troisième injection

Cher confrère, voici la dernière étape de la phase 1 de l'essai clinique sur la patiente 01.

Le lymphome est revenu en force. Nous ne comprenons pas pourquoi il revient à chaque fois, avec cette activité métabolique presque incontrôlable. Comparativement aux résultats obtenus sur les souris, le nombre de cellules tumorales n'est censé revenir à sa concentration initiale avant traitement, seulement juste avant que le sujet ne reçoive la dose d'Atrium. Là, sur la patiente 01, le taux de cellules malignes explose.

Je ne pense donc pas que nous pourrons lancer la phase 2 de l'essai auprès de cette patiente. Je n'aime pas être pessimiste, mais elle est encore plus faible que la première fois. Elle s'est réveillée encore plus fatiguée que lors du J4.

J'attends vos informations concernant l'arrivée imminente du patient 02. Le protocole est déjà écrit, vous le trouverez joint à ce courrier.

Je vous tiens informé du déroulé de la phase 3.

BAV,

Dr Dague

Jour 7

Élise est dans le bloc. Elle est placée dans la machine avec tout son attirail habituel, reliée à ces dizaines de fils raccrochés à elle de part et d'autre.

Elle souffre terriblement. La morphine n'a quasiment pas fait effet cette nuit. Les douleurs sont localisées... de partout. Elle ressent son corps, mais pas comme lorsqu'elle a de l'antimatière en elle. Elle ne ressent que sa souffrance et sa mort qui arrive lentement mais sûrement. Elle se sent mourir chaque seconde qui passe.

Il lui est difficile de se remémorer cette dernière semaine. Cela devait être un songe. Un songe pour l'aider à mieux affronter ce qu'elle vit.

L'essai clinique est visiblement un échec. Elle va mourir ici, seule, sans jamais revoir sa grand-mère. Sans jamais avouer ses sentiments à Gabriel. Elle n'aura rien connu de la vie. Elle n'aura connu que la maladie. Son imagination l'aura au moins un peu... amusée, ces derniers temps. C'est toujours ça de pris, dans son existence triste et morne qui perdure depuis trois ans maintenant.

Brams prend, comme les deux fois précédentes, son microphone.

-    J7 du protocole Atrium/Rayon Gamma. Troisième injection d'Atrium à 1.5 ng. Puis exposition aux rayons gamma durant six secondes à une puissance de 1.2 mSv. Nous allons commencer par la sédation légère.

La voix du médecin est monotone. Elle paraît blasée. Même elle ne semble plus y croire.

On place sur la jeune patiente le masque qui protège ses yeux des rayons.

Élise repense soudainement à cette lettre, aux mots écrits par son imaginaire Aurore Perron, qui avait l'air bien plus sympathique dans son rêve que dans la réalité.

Ses pensées vont alors vers sa grand-mère et Gabriel. Elle s'imagine les revoir et les prendre dans ses bras, à la sortie de cet endroit, juste devant le portail.

Puis, elle ressent du froid et du chaud en même temps. L'Atrium arrive.

Il parcourt de manière presque instantanée toutes les parties de son corps. Ils se mettent à danser, les cubes lumineux. Elle est apparemment moins sédatée que la dernière fois, ce qui lui permet de ressentir en temps réel le début du processus.

Soudain, elle commence à se sentir... moins unifiée. En elle, chaque particule s'agite selon son propre choix, créant à l'intérieur un chaos. Elle n'arrive plus à réfléchir de manière logique. Elle n'est plus qu'un tas de matière désordonné qui semble vouloir exploser.

Elle commence à vibrer. Les particules s'agitent de plus en plus. L'antimatière agit d'une manière étrange dans son corps. À tel point que de l'extérieur, les chercheurs ne la voient presque plus. Elle semble disparaître, mais existe encore. Elle devient ondulation.

Elle a l'impression qu'elle peut sortir d'ici. C'est peut-être maintenant qu'elle peut fuir. Elle voit de nouveau tout, elle entend tout, sans rien voir, sans rien entendre.

Dans un ultime effort, elle se concentre sur le vide rempli d'informations qui constitue le mur de métal. Elle essaye tant bien que mal de se rassembler, de se concentrer vers cet endroit. Elle peut le faire.

Son corps se projette alors à toute vitesse contre la vitre renforcée de la machine dans laquelle elle est retenue prisonnière, brisant tous ses os instantanément. Elle retombe sur le lit dans un fracas silencieux.

L'alarme sonne, s'éteint, puis, plus rien.

Vide.

Destinataire : Docteur Dague

De : Docteur Martin

Objet : Échec troisième injection

Cher confrère,

Je viens de recevoir l'appel du secrétariat qui m'a mis en relation avec le Docteur Brams. J'espère que la situation a pu être contrôlée.

Il avait été observé lors de la phase 3 de l'étude portée sur les souris, des agitations ondulatoires sur celles ayant reçu une dose trop importante et de manière trop rapprochée. Je ne comprends pas le manque de discernement de votre part quant à cette probabilité qui était bien connue lors de la phase d'essai sur animaux. Vous auriez dû anticiper cela, et ajuster la dose d'Atrium ainsi que l'exposition de la patiente aux rayons gamma. Je n'ai pas voulu intervenir dans vos choix, peut-être aurais-je dû moins vous faire confiance.

Brams m'a expliqué que l'antimatière avait agi sur son corps et réparé une grande partie des dégâts qu'elle a subis. Ses fractures se seraient partiellement résorbées. Nous devons impérativement faire des recherches supplémentaires sur ce phénomène : comment l'antimatière agit sur son corps ? Sur son cerveau ? Nous étions persuadés que l'Atrium agissait uniquement sur les cellules cancéreuses. Je pense qu'il y a des choses à exploiter avec cela. J'enverrai les résultats à mes confrères de neurologie et d'orthopédie. Peut-être que nous tenons une nouvelle révolution médicale.

Le patient 02 devrait arriver d'ici une dizaine de jours dans votre centre.

Arrêtez tout avec la patiente 01. Vous l'avez trop fragilisée. Elle mérite un peu de dignité pour sa fin de vie. Passez-là en soins palliatifs.

Envoyez-moi le compte rendu détaillé de la troisième phase dès que celui-ci est rédigé.

BAV,

Dr Martin

Jour 8

Elle est dans son lit. Elle ne ressent plus rien, grâce à la morphine et sûrement d'autres médicaments. Et pourtant, elle sait à quel point son corps est douloureux. Elle se laisse porter comme sur un nuage. Ce n'est pas plus mal. Elle a enduré trop de souffrance.

Elle est alimentée en oxygène. Ses poumons sont fatigués. Tous ses organes sont fatigués.

Alors voilà... c'est comme ça que ça va se terminer.

Elle y aura au moins cru.

Elle a entendu les chuchotements dans le couloir : elle est condamnée. Cette expérience ne lui aura servi à rien, mis à part la tuer plus vite et l'isoler davantage. Elle suppose qu'elle mourra ici, dans cette chambre protégée. Seule. Elle ne peut plus bouger. Elle se sent flotter dans son océan d'antalgiques. Elle se sentirait presque bien. Elle n'entend plus que le bruit de ces machines branchées à elle.

Elle ne sait même pas comment elle peut être encore en vie après ce qu'il s'est passé la veille au bloc.

Son corps s'est transformé en bouillie d'os et de chair lorsqu'elle a percuté la vitre. Mais que croyait-elle ? Qu'elle était devenue une super-héroïne ? Qu'elle allait pouvoir traverser les murs ? Pourquoi a-t-elle pensé ça ? Pourquoi même a-t-elle pu croire que tout cela pouvait être possible ?

La plupart de ses os ont pu être réparés grâce à l'Atrium ou l'antimatière. Mais elle n'est pas restée sans séquelles de l'incident.

L'imagination aide à faire passer les plus grandes épreuves, se dit-elle. Du haut de ses dix huit ans, au fond, elle n'est encore qu'une enfant.

De toute façon, plus rien n'a d'importance.

Il faut qu'elle lâche prise maintenant. Elle aura eu malgré tout une belle vie. Une courte vie, mais remplie de personnes qui auront su la combler d'amour et de rires. Elle se voit sur cette balançoire, poussée par sa grand-mère alors qu'elle n'avait que quelques années. Gabriel et d'autres de ses camarades étaient en train de jouer au ballon dans le jardin. Tout le monde était grimé de couleurs farfelues. Les enfants s'étaient déguisés à l'occasion de son anniversaire. Sa grand-mère lui avait fait un délicieux gâteau tout rose, surmonté d'une licorne, colorée elle aussi de milles nuances de rose. Il était aux fruits rouges et au chocolat. Tous les invités avaient accouru pour l'ouverture des cadeaux. Elle avait été gâtée par tout le monde. Ensuite, ils avaient passé leur après-midi à jouer, tous ces enfants, au loup, à cache-cache et bien d'autres jeux, sous l'œil attentif de parents et grands-parents bienveillants.

Élise aura eu une belle enfance. Elle mourra heureuse et fière d'avoir connu d'aussi belles personnes.

Ses forces commencent à la quitter. Elle se laissera faire, cette fois-ci. Elle ne veut plus lutter. Elle a suffisamment lutté.

Vide.

Un vide rempli d'informations.
Suis-je morte ?

Je ne ressentais plus rien il y a quelques secondes, et là tout revient, je me reconnecte à chaque parcelle de mon corps. La mort ressemble-t-elle à l'univers... Quantique ?

« Connecte-toi »

Cette voix. Aurore !

Ma conscience est projetée dans le bureau du docteur.

Je ne vois rien, je n'entends rien et pourtant je la vois grâce à l'information. Elle est habillée comme la dernière fois, en tenue renforcée.

Elle est à nouveau penchée sur cette lame.

Mon sang.

« Élise, je sais que tu m'entends. »

Elle ne parle pas et pourtant, je l'entends. Ce sont donc ses pensées ? Avais-je raison ? Ai-je donc réussi à répondre au docteur Perron ?

« J'ai réussi à stocker de l'Atrium dans mon laboratoire, spécialement pour ce moment. Je viens de t'en donner une dose à travers ton sang, celui conservé ici. L'intrication marche dans les deux sens : si ton corps en reçoit au bloc,

ton sang le reçoit également à distance, c'est-à-dire ici, et inversement. Le docteur Dague, aussi intelligent soit-il, n'a jamais anticipé cela.

Ils veulent te laisser mourir, maintenant qu'ils n'ont plus besoin de toi. Ils te considèrent comme trop fragile pour supporter de nouvelles expériences.

Mais tout n'est pas perdu pour toi. Avec le bon dosage et le bon accompagnement, mon équipe et moi pouvons t'aider. Tu dois sortir d'ici. Je dois poursuivre mes recherches et tu dois survivre. Je l'ai promis à ta grand-mère. Je l'ai promis à Gabriel et à Maryse. Mais nous devons faire vite.

Ma grand-mère ? Gabriel ? Maryse ?

« Je t'ai donné suffisamment d'Atrium pour te remettre sur pieds et te donner la force de courir, du moins je l'espère. L'effet va durer quelques heures.

« Je te déconseille d'utiliser tes capacités quantiques. Si tu les utilises, tu vas brûler toute l'antimatière qui bouillonne en toi avant d'avoir pu réussir à sortir.

« L'infirmière ne va pas tarder à passer te voir pour changer tes perfusions. Tu pourras sortir environ quinze minutes après qu'elle soit partie. Elle sera en salle de repos, devant son téléfilm, porte mi-close. Tu ne devras faire aucun bruit. Tes constantes sur l'écran de l'infirmière ont déjà été remplacées par de fausses. Un informaticien de l'équipe a réussi à installer le logiciel en piratant le système informatique du laboratoire. Il fonctionne depuis une heure. Il faudra plusieurs heures à l'infirmière avant de se rendre compte que quelque chose cloche. Il a également installé une vidéo préenregistrée de six heures du sas vide. Les agents de sécurité ne t'y verront pas lorsque tu le passeras. Tu devras passer par ce sas. Tu aurais pu aussi utiliser la porte de service, mais elle est collée à la salle de repos, c'est trop risqué.

« Le sas ne s'ouvre que par deux moyens : soit par badge, soit par code. Tu utiliseras le code : 2906. L'utilisation du code envoie un message à la sécurité presque instantanément, qui vont vérifier les caméras. C'est à ce moment-là que tu devras être à la fois rapide et discrète. Ils mettront tout au plus quelques minutes pour se rendre compte de la supercherie.

Tu prendras ensuite les escaliers de service jusqu'au rez-de-chaussée, et te rendras à la blanchisserie où il y a également une porte de service qui donne sur l'extérieur. Elle est rarement fermée, et peu surveillée. À cette heure-ci, personne n'y travaille. Tu passeras par cette porte. La grande fontaine se trouvera à ta gauche.

« À ce moment-là, tu iras tout droit. Toujours tout droit. En face, aux murs, se trouvera une porte, une porte réservée aux agents de sécurité. Je me suis assurée qu'elle soit ouverte ce soir. Tu seras attendue de l'autre côté par des membres de mon équipe, qui te conduiront en lieu sûr. Pour le reste, fais nous confiance, on s'occupe de tout.

Fais attention à toi. Bon courage.

Elle est de nouveau dans sa chambre.

L'infirmière arrive quelques minutes plus tard. Élise s'enfonce dans son lit et prend soin de garder les yeux fermés.

L'infirmière change les perfusions de la jeune fille. Elle ressent les produits couler dans ses veines, mais ils ne lui font plus aucun effet.

« Pauvre enfant. Ils auront au moins essayé »

Joséphine n'a pas parlé et pourtant Elise l'a entendue.

Les pensées sont régies par les lois quantiques.

L'infirmière part en silence, laissant la pseudo mourante dans son lit. Il est 22h05.

Élise fixe l'horloge en face d'elle.

22h08.

22h12.

22h15.

22h20.

Elle se lève, enfile son pantalon de sport et garde sa blouse. Elle met son téléphone dans sa poche. Débranche les fils raccrochés à elle. Arrache son *piccline*. Rien ne sonne. Elle ouvre doucement la porte de sa chambre et avance à pas de loup jusqu'à la salle de repos. Elle y jette un rapide coup d'œil : Joséphine est en train de manger devant sa série. Elle mâche fort, ses yeux sont rivés sur le grand écran. Juste au-dessus d'elle, un autre écran avec des constantes : saturation à 96, pouls à 110.

Remarquable.

Elise continue, puis arrive devant l'entrée du sas. Elle ouvre la porte toujours aussi discrètement et entre dedans. Et prie pour qu'aucune lumière ne s'allume. Rien ne s'allume.

Bien. Le code maintenant.

Elle prend son téléphone pour éclairer la pièce. Elle cherche l'endroit où badger.

OK, il est là. Et où taper ce code ?

Elle appuie sur l'écran tactile face à elle.

« Saisir code »

Elle le tape. 2906. La porte de sortie s'ouvre.

-       Mais que faites-vous ici, Elise ?

La porte côté secteur protégé est ouverte. Joséphine regarde d'un air incrédule la jeune femme. Puis, elle reprend ses esprits et tente de sauter sur sa patiente pour l'empêcher de partir. Élise a le temps de se faufiler de l'autre côté du sas, ferme la porte derrière elle, et appuie aussitôt sur le bouton d'alarme. Ça se met à sonner, la porte se verrouille, enfermant Joséphine à l'intérieur du secteur protégé. Tout le bâtiment est probablement verrouillé, désormais. Et surtout, il est très probable que tout le monde soit au courant de sa fuite.

Cours.

Elle déambule rapidement dans les couloirs jusqu'à apercevoir la porte des escaliers de service, juste à côté des ascenseurs. Celle-ci, qui n'est qu'une simple porte battante, est restée ouverte. Elle s'engouffre dans les escaliers.

Trop tard. Trois agents de sécurité arrivent par le bas et se dirigent vers elle à toute allure. Elle regarde en haut : il y a un étage supplémentaire, mais elle n'aura pas de sortie possible par le toit. Tant pis, il faut improviser. Les trois hommes se retrouvent très rapidement face à elle.

Concentre-toi.

Elle commence à visualiser le vide rempli d'informations tout autour d'elle. Elle les ressent. Leur respiration, leurs mouvements, leurs intentions. Le premier s'approche d'elle mais il est si lent qu'elle a le temps, un temps suspendu pour elle, de l'esquiver et d'avancer. Il se déséquilibre et tombe dans les escaliers. Le deuxième arrive cependant à attraper les bras de la jeune femme par l'arrière et le troisième s'avance dangereusement par l'avant.

Concentre-toi.

Elle visualise le contact entre elle et celui qui la retient. Elle ressent le potentiel énergétique en elle, qui booste chacun de ses atomes.

Tu peux le faire.

Elle utilise ses bras bloqués comme levier pour relever ses jambes et assène un coup dans le ventre du troisième agent. Celui-ci est projeté contre le mur, si puissamment qu'il se retrouve enfoncé dedans. La force engendrée par l'impact entre la jeune fille et le pauvre homme incrusté dans la pierre a également projeté celui qui la tenait sur le mur de derrière. Incrusté aussi. Elle se relève rapidement, constate en une fraction de seconde le chaos qu'elle vient d'engendrer, et continue de descendre.

Les remords, c'est pour plus tard.

Elle arrive au rez-de-chaussée. L'alarme est tonitruante, au dehors on entend des voix, des cris. Tout le monde part à sa recherche. Elle passe dans un couloir et cherche désespérément le local de la blanchisserie. Elle le trouve, ouvre la porte. Battante elle aussi. En face d'elle, la sortie. Elle court vers elle, mais... Elle est fermée. *Évidemment.* Toutes les issues donnant sur l'extérieur sont forcément bloquées. Tant pis pour l'antimatière. Elle doit sortir. Comme pour les gardes, elle se concentre. Visualise l'énergie qui provient de ses propres particules. Visualise l'interaction qu'elle va avoir avec les atomes de cette porte. Elle donne un coup très bref mais sans violence, presque délicatement, et la porte saute sur plusieurs mètres.

Ok, maintenant tu t'arrêtes avec ça et tu te contentes de courir.

Elle part à toute vitesse dans la direction donnée par la chercheuse. Elle commence déjà à fatiguer. Le docteur Perron avait raison, plus elle utilise ses capacités quantiques, moins son énergie dure dans le temps.

Les murs et la porte doivent être à environ cinq-cent mètres du bâtiment dans lequel elle était tenue prisonnière. Elle court. Et s'essouffle de plus en plus. Mais elle n'a pas le droit d'abandonner.

Un souvenir remonte soudainement. Gabriel et elle avaient fait la course sur toute la longueur du lac situé à quelques kilomètres de leur village natal. Son ami l'avait devancée tout le long de la course, et quelques mètres avant, il avait ralenti, pour la laisser gagner. Il savait qu'elle n'aimait pas perdre.

Utilise ton intention de réussir. Utilise l'amour que tu leur portes.

Au loin on entend toujours les voix de ceux qui s'affairent à la retrouver.

- Elle est là !

Une dizaine d'agents de sécurité la voient au loin, et se mettent à courir dans sa direction, arrivant par tous les côtés. Elle ne doit pas lâcher. Elle a environ deux-cents mètres d'avance sur eux.

Elle est à cent mètres de la porte.

Cinquante mètres.

Elle arrive enfin devant. La sortie est légèrement camouflée par quelques arbres et bosquets. Elle tourne la poignée. Elle ne s'ouvre pas. *Évidemment.* Elle se concentre sur l'énergie qu'il y a en elle pour la faire sauter, comme l'autre. Elle n'en a presque plus. Elle donne un coup à la porte, mais son poing rebondit et son rythme cardiaque se met à bourdonner dans sa main.

Les agents de sécurité ne sont plus qu'à une centaine de mètres de la jeune fille.

Elle ne peut pas escalader. La porte est trop haute, trop lisse, trop surmontée de pics aiguisés. Sa main pend, elle est sûrement fracturée. Elle commence à lui faire sérieusement mal.

Élise est bloquée.

Il lui reste une solution. Elle ne sait pas si elle a assez d'Atrium en elle pour créer, une dernière fois, de l'antimatière. Mais elle doit tenter. Pour sa grand-mère. Pour Gabriel. Pour le docteur Perron, et surtout, pour tous les malades du cancer. Elle se concentre de nouveau. Ferme ses yeux.

Elle voit le vide rempli d'informations. Le vide qui la constitue et qui constitue cette porte blindée.

Ce n'est que du vide. Tu peux avancer dans le vide. Tu peux modifier l'électro-magnétisme de tes propres particules. Tu es capable. Fais-le.

Ils sont à cinquante mètres d'elle.

Tu vas avoir une chance de survivre. On va s'occuper de toi. Tu vas aider à révolutionner la médecine. On compte sur toi. Allez, Élise.

Dix mètres.

Elle ressent l'autre côté. C'est parti.

Un mètre.

Élise se retrouve de manière instantanée de l'autre côté de la porte.

Vide.

*

- Choquez !

Décharge électrique.

- Toujours rien.

- Allez accroche-toi Élise !

- Chargez à 200. Nouvelle dose d'adrénaline. Éloignez-vous. Choquez !

Décharge électrique.

- C'est bon, on a un rythme. Il faut espérer arriver à la stabiliser jusqu'à l'arrivée à la clinique.

Elle entend la machine qui l'aide à respirer. Aussi celle qui vérifie ses constantes.

Les lumières sont trop fortes même à travers ses yeux fermés. Elle a mal. Elle a envie de hurler, mais n'a plus de force pour parler. Peut-elle encore parler ?

Ça tangue. On est sur la route.

Elle a mal. De partout.

Elle sent quelque chose qui touche sa main. C'est chaud, réconfortant. Une autre main. Elle reconnaît cette main.

- Je suis là, je ne t'abandonnerai plus, Élise. Je suis désolé de t'avoir laissée partir là-bas.

Gabriel ?

- Tout va bien aller, ma petite Élise. Nous allons prendre soin de vous, maintenant.

Maryse ?

Est-elle encore en train d'halluciner ?

Elle n'a pas le temps de continuer sa réflexion que son esprit part vers un coma profond.

Destinataire : Docteur Martin

De : Docteur Dague

Objet : Fugue patiente 01

Cher confrère.

L'heure est grave. La patiente 01 nous a échappé cette nuit. Nous ne savons pas comment elle a réussi son coup, ni pourquoi elle est partie.

Elle était en début de défaillance multiviscérale, ses reins et son foie avaient lâché.

Comme si elle avait reçu une dose d'Atrium à notre insu.

Tout le personnel est confiné pour une durée indéterminée. Elle avait forcément un ou une complice ici. Nous le trouverons et ferons le nécessaire pour qu'il ou elle soit hors d'état de nuire.

La seule bonne nouvelle, c'est que la patiente 01 a réussi l'impossible. Elle a réussi ce que nous n'osions imaginer. Elle a traversé la matière. Elle a passé la porte du service de sécurité sans l'ouvrir. Une dizaine d'agents a assisté au phénomène, complètement abasourdis. Le temps qu'ils reprennent leurs esprits, elle était déjà loin, emportée par une camionnette blanche, d'après nos caméras. Je pense que ses capacités cérébrales et physiques ont été très largement sous estimées. Nous en prenons note pour faire davantage de tests sur nos prochains patients.
Seuls ses vêtements sont restés du côté d'Hammond Laboratoires. Ils vont être finement analysés pour tenter de comprendre ce qu'il s'est passé, et surtout, comment cela a pu se passer.
Nous sommes déjà activement à la recherche de la camionnette, et évidemment de la patiente 01. Morte, ou vivante, nous la récupérerons.

Nous avons renforcé le protocole de sécurité de
manière drastique. Plus personne ne pourra sortir
d'ici sans notre consentement, ou du moins en
vie.

Nous sommes cependant prêts à accueillir le
patient 02. Nous garantissons qu'aucun incident
de la sorte ne se reproduira. J'attends de vos
nouvelles.

Je dois vous laisser, il semblerait qu'un nouvel
incident ait lieu en ce moment-même.

BAV,

Dr Dague

Jour 9

« *Mesdames, messieurs bonjour, et bienvenue au journal de treize heures.*

« *Aujourd'hui à la une, un scandale a éclaté au sein de l'industrie pharmaceutique. Des images provenant de l'entreprise Hammond Laboratoires ont été piratées et publiées cette nuit par un anonyme sur les réseaux sociaux, montrant des scènes d'une violence inouïe. Nous reviendrons dessus juste après la présentation des titres.*

« *Nous avons de nouveau reçu des images de la base martienne envoyées par les robots, s'affairant à construire les infrastructures prévues pour accueillir nos chers astronautes, d'ici la fin de leur voyage interplanétaire. Ça donne presque envie d'aller y passer quelques vacances, n'est-ce pas ?*

« *La menace nucléaire pèse de plus en plus sur la planète. La Chine et les USA n'ont pas encore réussi à trouver un accord entre eux. Cela fait maintenant dix jours que les représentants des deux nations sont en pourparlers au sein de la Maison Blanche. Nous nous attendons à des représailles de la part de la Chine, soutenue par la Russie qui a officiellement manifesté son soutien envers sa voisine de l'Est.*

« *Nous allons tout de suite aborder en détails le scandale qui a éclaté au sein de l'industrie pharmaceutique aujourd'hui. Des vidéos piratées des locaux de l'entreprise*

Hammond Laboratoires ont été publiées cette nuit sur les réseaux sociaux par un compte anonyme : on y voit une jeune fille d'à peine dix-huit ans, atteinte d'un cancer en phase terminale, subir des expériences que l'on pourrait tout simplement qualifier d'atroces. Sur les vidéos, nous la voyons enfermée dans une machine effrayante, et on distingue son corps être violemment propulsé contre les parois comme une poupée de chiffon. Il semblerait que les intentions du laboratoire n'étaient pas d'aider cette patiente à guérir, du moins ce n'est pas ce que nous renvoient les terribles images. Elles ont été floutées pour préserver nos plus jeunes téléspectateurs. Nous n'avons pas pu avoir d'autres informations, si ce n'est que la victime, que nous garderons dans l'anonymat le plus total, a pu être libérée cette nuit, et placée dans un état cryogénique pour tenter d'être sauvée. Son pronostic vital est néanmoins toujours engagé.

Le laboratoire a été perquisitionné ce matin par les forces de l'ordre, mais plus aucun employé d'Hammond Laboratoires n'était sur site. Tous les locaux et alentours ont été fouillés de fond en comble, mais aucune machine vue sur les images n'a non plus été retrouvée. L'affaire est désormais entre les mains de la police judiciaire, pour tenter de comprendre ce qu'il s'est passé et surtout, de retrouver les bourreaux qui ont maltraité cette jeune femme. Nous vous tiendrons informés de l'enquête au fur et à mesure. Le PDG d'Hammond Robotics n'a pas souhaité répondre à nos sollicitations, niant toute implication dans cette affaire.

Nous adressons bien évidemment un prompt rétablissement à cette jeune femme qui mérite que justice lui soit rendue. »

*

Je ne vois rien, je n'entends rien. Et cette fois-ci, je ne ressens rien non plus. Pas de vide rempli d'informations. Pas de sensations physiques. Pas de sensations quantiques.

Je sais juste que je suis encore vivante.

Prisonnière dans ce corps gelé.

Je n'ai pas peur. Je n'ai pas accès au vide rempli d'informations, et pourtant, j'ai une certitude : je vais me réveiller.

Il y a une chose que je ressens encore. Comme une onde, elle parcourt tout mon être, s'intrique à chacune de mes particules : c'est l'amour de ces personnes qui veillent sur moi. Ce sont ces doux sentiments qui me maintiennent en vie. C'est leur espoir qui devient le mien.

Je n'ai pas besoin d'antimatière pour les ressentir. Je n'en ai plus besoin.

Remerciements

J'adresse mes remerciements à Laurie et Alice qui ont pris de leur temps pour relire cette fiction et m'aider à la correction.

J'adresse aussi un remerciement à ma sœur, hypnothérapeute, dont les séances avec elle m'ont indirectement inspirées pour écrire l'histoire d'Élise.

Et enfin, une mention toute particulière à Thierry, qui m'a aidé (entre autres) sur la partie science/science-fiction de l'œuvre, en me donnant des pistes pour la rendre plus cohérente et plus compréhensible. Il a été aussi la toute première personne à lire "Connecte-toi". Merci infiniment.

Dépôt légal : juin 2024